黄裳谈片

徐　敏　著

燕山大学出版社
·秦皇岛·

图书在版编目（CIP）数据

黄裳谈片 / 徐敏著. —秦皇岛：燕山大学出版社，2019.7（2026.1 重印）
ISBN 978-7-81142-525-3

Ⅰ. ①黄… Ⅱ. ①徐… Ⅲ. ①散文－文学研究－中国－当代
Ⅳ. ① I207.67

中国版本图书馆 CIP 数据核字（2017）第 311512号

黄裳谈片
徐　敏　著

出 版 人：陈　玉
责任编辑：朱红波
封面设计：于文华
出版发行：燕山大学出版社 YANSHAN UNIVERSITY PRESS
地　　址：河北省秦皇岛市河北大街西段 438 号
邮政编码：066004
电　　话：0335-8387555
印　　刷：廊坊市印艺阁数字科技有限公司
经　　销：全国新华书店

开　　本：889mm×1194mm 1/32　印　　张：6.375　字　　数：151 千字
版　　次：2019 年 7 月第 1 版　印　　次：2026 年 1 月第 3 次印刷
书　　号：ISBN 978-7-81142-525-3
定　　价：48.00 元

前　言

黄裳（1919—2012）是中国当代著名的散文家、藏书家和版本学家。他于20世纪40年代初在文坛崭露头角，之后笔耕不辍，在散文天地中大展身手，发表、出版了大量的游记、杂文、随笔、书话等，在不同层次的读者中享有很高的声誉。作家舒芜曾回忆："黄苗子说，他吃着花生米，津津有味地读了黄裳的《陈圆圆》……北京的几个老朋友里，除了苗子兄，还有周绍良兄也是；我们相见时常常互相报告：黄裳最近又在什么地方发表一篇什么了。"而在民间，黄裳拥有很多"黄迷"：如书友"默当斋"开设博客"来燕榭文汇"，亲手录入黄裳著作20余种，总字数达150余万字；吕浩在天涯社区创建有"黄迷爱黄裳"的博客；2008年，上海书店出版社出版了黄裳研究资料集，书名就直接就命名为《爱黄裳》。凡此种种，均证明黄裳作品具有极大的魅力。2012年9月5日，黄裳在上海瑞金医院安详辞世。他的离去，引发了文化界的巨大波动。黄裳再度成为论说的中心。关于其的印象谈、作品谈、个性谈等一时充溢网络，再度引发了"黄裳热"。

黄裳，原名容鼎昌，祖隶镶蓝旗，山东益都人。其父早年考取官费留学，赴德国学采矿，第一次世界大战后从德国回来，后在河边任煤矿工程师，抗战时在上海逝世。其母为

满清贵族小姐。黄裳兄弟三人，他为长子。二弟容正昌，毕业于燕京大学，《文汇报》记者，“文革”中被打成“右派”，打倒“四人帮”后被平反，享年81岁。三弟容应昌，毕业于清华大学，后在北京电机厂当技术员，“文革”期间被迫害致死，年仅30岁。

黄裳出生于河北井陉，小时为避难留居天津，全家租住在墙子河畔的一座小楼，据说是小德张的产业。在天津公学（现在的十六中）读小学，中学在南开中学就读，与曹禺大约差六七年。抗战开始，在第一次全国统一招考中考进了上海交通大学。之后做过美军翻译官、坦克教练。1945年下半年经柯灵介绍，加入《文汇报》，先后为驻渝特派员和驻京特派员。新中国成立后，在《文汇报》工作。期间在总政文化部新成立的越剧团、上海电影剧本创作所有过短暂工作。“文革”期间被下放劳动，直至1979年重回《文汇报》。

关于黄裳的笔名，其来历颇有趣。在李辉的《看那风流款款而行——黄裳印象》中写道：“在认识黄裳之前，关于这个笔名的来历我听说过一个好玩的说法。说是年轻时的容鼎昌，很欣赏当时走红的女明星、素有‘甜姐儿’之称的黄宗英，堪称黄的‘追星族’，于是，便取‘黄的衣裳’之义，选择了这样一个笔名。听来有点浪漫。”“青春年少时的趣闻，长留在朋友笑谈中。黄裳本人在一篇文章中提到过，钱锺书曾为他写过一联：遍求善本痴婆子，难得佳人甜姐儿（《断简零篇室》）。可见他的这段‘追星记’在当时文化圈是广为人知的。关于‘黄裳’这个笔名，黄裳在南开中学的同窗好友黄宗江有所解释：‘我下海卖艺，他初赠我艺名曰黄裳，我以其过于辉煌，未敢加身于登台之际，他便自己用笔名登场。’可见，‘黄裳’本是容鼎昌为黄宗江起的艺名，最终却成了自己的笔名。不过，黄宗江的回忆并未解释黄裳为何突发奇想，想到了这样一个艺名，更没有说明这与他的妹妹是否有关。”[1]

黄裳的创作历程：

1997年11月28日，黄裳作文《掌上的烟云》，此文是他对自己写作生涯的回顾，记下了他创作的几次转向及期间遭逢的命运坎坷，为历史留下了属于他的一份见证。

黄裳的创作开始于20世纪30年代末。还是一个中学生的时候，熟读新文学的他就开始试写散文投稿，最初的习作就发表在《文汇报》副刊“世纪风”上，这成为黄裳走上文坛并与报纸发生关系的开始。“世纪风”的编者是柯灵。有趣的是，黄裳最初投稿署名“宛宛”，让柯灵误以为是一位女作家。之后黄裳奉父命参加抗战后全国第一届高考，考入了上海交通大学电机系。他当时的国文成绩高，数理成绩很弱。他曾自述：“我是交通大学电机系出身的，虽然并未毕业，只拿到一张结业证书。记得吴晗在给《旧戏新谈》作序时就曾说过：‘想象中此公应该是读书人家的子弟，在大学里读外语系，年纪二十多岁。’接下去又说：‘同时又从报纸上作者另一篇文章，知道作者不但不是外语系出来的，甚至不是文学院，是学工程的。我最初自以为是的推测全错了。’这样的误会是难怪的，连我自己也料想不到后来的生活道路。”在交通大学过了一年平静的日子后，“征调的命令下来了”，黄裳开始去给美军做随军翻译，“一年中间走

[1] 李辉：《看那风流款款而行——黄裳印象》，《爱黄裳》，第39页。

遍了西南的几座名城，昆明、桂林、贵阳，最后到了印度。看熟了洋人的面孔，领略了中国军人的风貌，看惯了来自田间的中国小兵黄瘦的面影，接触了大后方苦痛挣扎着的人民生活。这时才发现在课堂里是绝无可能得到这样丰富的知识的。过去自己身上幼稚的感伤情怀，经不起现实的激荡，已经不复存在了。感情一下变粗了。”[1] 这段随军经历给黄裳的情感、创作上带来了极大的影响，不仅使他从此摆脱了象牙塔里常见的对梦中道路迷离感觉的美丽述说，更使他投入真实而残酷的现实生活。这一点可以何其芳为参照。1937年前，何其芳的散文“常采用‘独语’的调式，爱在黄昏的灯光下吟哦孤独与寂寞，探索内心的矛盾冲突”，当他从大学校园中走出，在与“故乡现实有了较多接触后，闯出了个人的圈子，思想与艺术价值发生了剧变。《还乡杂记》集里的《老人》《街》，记录了人民的深重苦难。作家自己也不无惊讶地发现：‘我的感情粗起来了。’从此再没有了精致之作。”[2] 黄裳的创作转变原因和何其芳一样，真实的现实打破了他年轻人的迷梦，让他睁开了眼睛，开始走进生活，从此与社会密切地结合在一起。

抗战结束后，黄裳又回到了学校里，过了一段索居的日子。“为了排遣寂寞，我开始记下了一年来的所见、所闻和所感。年轻人自有自己的人生理想和价值追求，被无情的现实撞得七零八落之后，剩下来的是按捺不住的激楚情怀。这样我写下了一本小书，《关于美国兵》。”这些文字最初发表

[1] 黄裳：《掌上的烟云》，第2页。“黄裳的创作历程”部分的未注释处皆引自此文。

[2] 钱理群，温儒敏，吴福辉：《中国现代文学三十年》，第346页。

在《周报》上，后结集。其写作体例颇接近报告文学，也成为黄裳当记者的“投名状”。

在做翻译官期间，他几次路过昆明，被遣散后还在昆明住过一些日子。在西南联大后的莲花池边，看到了两三座石碑，“一座刻着宫妆艳丽的美人，另一座则是一位枯瘦的老尼。读碑文，知道两者原来是同一个人，陈圆圆。”“在抗战后期流落在西南一隅时，总不免有时会想起三百年前的南明永历，那是被清军逼处南天一角的小朝廷，在覆亡之前留下过一些可悲可叹的故事的。怀古思今，总不免有些感慨。一时南明史成为热门话题，那原因就在此。在莲花池畔，我写过一首诗，‘莲花池畔水青青，芳草依稀绿未醒。三百年前家国事，一起都付与沧溟。’”对南明历史的关注，促使黄裳即使在紧张的行军途中，还写下了《昆明杂记》《贵阳杂记》等。这些都是以人物为中心的南明野史的杂缀。这类写作对黄裳来说是开辟了一条新的创作道路：对历史及历史人物品评的读书随笔或者历史文化散文写作。

1946 年后黄裳成为记者。他回忆自己在重庆采访过整军方案，欲采访政治协商会议因无证件被挡驾，还常去中共办事处逗留，这些都留下了几篇不短的报道。之后以《文汇报》特派记者的身份驻守南京，“走熟了的仍是梅园新村。又到蓝家庄访问过梁漱溟，到鸡鸣寺下访问过傅斯年，老虎桥边访问过周作人”。期间，找到了阮大铖故居——咏怀堂遗址，“这就又和南明联系起来了。索性在像古董铺子似的南京城里城外走来走去，写下了一卷《金陵杂记》”。

他不久后返回上海开始编辑报纸，负责《文汇报》的文化教育版，在吴晗和静远的帮助下，使版面成为北平进步

文化界的一个窗口。之后改编娱乐版“浮世绘”，连载了马叙伦先生的《石屋余渖》，开办了“旧戏新谈”专栏，写起了剧评。“这是我动手写杂文的开始，在传统的剧评家看来是不折不扣离经叛道的行径。可是在我自己，则是充分感受到任意驰骋、放言无忌的快乐的。”《旧戏新谈》不仅打开了黄裳写作杂文的道路，而且使其萌发了对传统戏剧研究的兴趣，他对旧戏的言说后结集成《黄裳论剧杂文》。同期，他还参加了梅兰芳《舞台生活四十年》的组织、编写和出版工作，为盖叫天编创了舞台艺术的纪录片。这段经历他非常珍视，因为这些京剧表演艺术家“是极易接近、很快就能摸到彼此的心的朋友。作为相识，我觉得他们更易于稔熟、亲密，用不到提心吊胆，比起文坛上实在要好得远”。

新中国成立后，面对文坛的沉寂，1950 年 4 月 4 日，黄裳在《文汇报》上发表短文《杂文复兴》，却不期引发了一场风波，虽然第二天写了补救文章《再论生产救灾》，但已经来不及了。在这段时间，黄裳参加了革命根据地访问团，在沂南的农村里看到一些事情，感情激动起来，就想主张以杂文为武器来揭露抨击时弊，不想鲁迅杂文已然过时。之后，他离开了报社，参加了总政文化部新成立的越剧团，担任编剧，后转入上海电影剧本创作所。准备好的《白蛇传》因无人有兴趣，被迫胎死腹中。

1956 年“双百方针”后，黄裳又回到《文汇报》，“红红火火地干了半年光景，无论版面、副刊，这个时期的报纸确是达到了一个新的高峰”。不久，一场急风暴雨的批判斗争把报纸卷进了灭顶的旋涡。之后黄裳被安排到资料室、校对科，最后是下放劳动、被批斗。“从奉贤到宝山，都是沿海的地方。我写过一篇《海滨消夏记》，约略记下了这时的生活片段。”“附庸风雅，寄沉痛于悠闲，这正是我的老毛病。”在此期间，黄裳多年的藏书也被收罗殆尽。“凡是有字的书本，包括拓片在内，一律装入随车带来的麻袋，运下楼去装车。麻袋不够了，又有人自告奋勇回家取来补充。卡车来去了几次，总算抄得一干二净。”

直到 1979 年，黄裳才重新被给予了写作权。“起初是写杂文，后来辑成了一册《惊弦集》。”“稍后就写游记，依旧是走的《金陵杂记》的老路子。也许比旧作多少开阔了一些。我是主张散文杂文之间没有一条必然的界限的。同时也信奉着吴老英雄（虞）的主张，‘英雄若是无儿女，千古河山漫寂寥’。深信大好河山如离开了历史人物的点染就不能不失色。这些游记的结集因此就取名为《山川·历史·人物》。再后来就写读书记，利用的就是回到手边的旧书。‘这时就索性在旧书里找资料。古人已死，说些怪话也不会引来过多的麻烦。时日虽迁，而旧谱无恙。往往在古人身上得见今人的影子。这就使读书记多少脱离了骸骨的迷恋，得见时代的光影，免于无病呻吟无聊之讥。’”

一直到 90 多岁，黄裳还奋战在笔战的第一线，曾经多次挑动着文坛的神经，也成就着自己在文坛的壮举和位置。

除了写作，黄裳还是一位藏书家、版本学家。他回忆自己的收书过程：“大学里还没有文献学、版本学这类课程；前辈藏书家也一个都不认识，只得设法自修，而参考书更是难得。偶然碰上了叶德辉的《书林清话》，不禁大喜。如饥似渴地读了，又按照他的指引，搜罗起书目题跋来，从钱遵王的《读书敏求记》、黄丕烈的《荛圃藏书题识》，一直到

《鲁迅日记》每月后面的书帐，每见必收。”[1]在不断的历练中，黄裳熟识了“宋版”“旧抄”，懂得了记行款和黑白口。他从27岁起开始系统购买、收藏古籍。当时社会处于大动荡之际，江南很多故家因为受着战乱的影响，家藏数百年的藏书源源不断地被后人清理或贱卖。黄裳工作之余，正好获得许多机缘，仅1950年到1957年间所藏就已经十分可观。这一时期也是黄裳收藏古籍的黄金时代。黄裳在搜求古籍之余，更加精心钻研古籍版本目录之学，以至于后来在“文革”期间虽然藏书尽去，却也凭借其丰富的阅历、惊人的记忆力，在闲暇时间里默写出《前尘梦影新录》《梦雨斋书跋》等一系列藏书专著。

黄裳在《来燕榭书跋》后记中写道：“余购书喜作跋语，多记得书始末，亦偶作小小考订，皆爱读之书也……三十年来，耗心力于此者何限，甘苦自知。”黄裳在古籍藏书上最初取得的成绩是在收藏了明代著名藏书家山阴祁彪佳的手稿本《曲品》《剧品》之后，费心整理并出版了非常有价值的《远山堂明曲品剧品校录》。20世纪80年代开始，黄裳先后出版了《银鱼集》《翠墨集》《珠还记幸》等书话专著。

自1989年由齐鲁书社为黄裳出版了古籍题跋专著《前尘梦影新录》之后，古籍题跋与古籍考证成为黄裳的重点写作方向。1992年，黄裳撰写的《清代版刻一隅》出版面世，此书详细介绍了清代三百年间的图书印刷风貌及其时代特征，更是弥补了藏书界的一个历史空白。历来藏书家轻视清代版刻，此前更无人专门研究并为清代刻本著书立说，该书

[1] 黄裳：《书缘》，《黄裳自述》，第186页。

奠定了黄裳在现当代藏书家中的独到地位。

关于黄裳的创作及个性，姜德明曾评论道："黄裳究竟算个什么家呢？新闻工作的特点往往要站在斗争的第一线，黄裳为报纸写了不少辛辣的评论和杂文，这个职业造就他成为一个思想活跃、观察事物特别敏锐的杂家。直到现在，他对世事仍不是漠不关心的。应该说他走的正是杂家的路子。"[1]而李辉则说黄裳是"性情风流，文字风流。在世事纷繁人声喧嚣的闹市里，在一己选择的书香阁楼里，在漫溢着传统文人隽永韵味的小巷里，我分明看到了一位名士在款款而行"。[2]

黄裳给人们留下了如此不同的印象，究其原因是因为他的文字呈现着多样的风姿，他的经历与中国现当代历史的走向紧密相关，他的朋友圈是中国当代文坛生态的写照。在后学心中，他既是被敬仰膜拜的对象，同时也是常被推到风口浪尖的聚讼对象。他魅力无限的文章和多彩凝重的人生使其成为文坛一个独特的存在。

2001年2月21日，黄裳作《〈春回札记〉后记》一文。此文中有这样一段话："历史著作中有特别值得注意的一种体裁，就是传记。如能选取某一历史人物，其社会接触面极广、牵涉政治动态甚多，而自身又具有特立独行的行谊的，取广阔视野加以观察，作细密的排比细绎，组织成文，这样成就的就不只是个人的传记，而是某一历史阶段全景式的摄取、反映，其功能绝非简单的列传或概括的记述可比。"[3]这

[1] 姜德明：《从〈旧戏新谈〉说起》，《爱黄裳》，第28页。
[2] 李辉：《看那风流款款而行——黄裳印象（代序）》，《爱黄裳》，第45页。
[3] 黄裳：《春回札记·后记》。

段话为黄裳对陈寅恪《柳如是别传》的分析，他认为陈寅恪选择柳如是作为传主，最终达到的就是这样的成就。本书选择黄裳为评述对象，并不是为黄裳作传，而是想对黄裳本人的创作进行细致深入的总结和探查，同时也希望以黄裳为中心点，通过他的文章和交谊圈看清其所处社会、历史的变迁和文化场域的生态，之所以可以这样做，是因为黄裳在一定程度上正是“箭垛式”的人物。

2012 年 9 月 5 日，黄裳在上海瑞金医院安详辞世。他的离去，引发了文化界的巨大波动，黄裳再度成为论说的中心。关于其的印象谈、作品谈、个性谈等一时充溢网络，再度引发了“黄裳热”。据刘绪源所说，“黄裳热”集中出现过两次，一次是 1982 年黄裳的《榆下说书》出版，“读书界为之雀跃的情景，至今尤令人感慨”。[1] 一次就是黄裳的离世。

黄裳作为当代著名的散文家、藏书家、版本学家，虽被很多人喜欢，坊间“黄迷”众多，但是黄裳在当代散文史上的地位一直没有得到史学意义上的评价，同时学术界对其整体研究还是较为匮乏的。

据初步统计，目前以黄裳为题的论文有 40 余篇，硕士论文 3 篇。其中特别值得提到的是 2006 年，华东师范大学中国现代文学资料与研究中心主持召开“黄裳散文与中国文化”学术研讨会，后结集为《爱黄裳》一书，这是第一本黄裳研究资料汇编。

从研究状况看，当下对黄裳的研究呈现出几个走向：一是黄裳印象记。如黄永玉的《黄裳浅识》、李辉的《看那风

---

[1] 刘绪源：《编者弁言》，《黄裳文集 • 榆下卷》。

流款款而行——黄裳印象》等。在好友知者的回忆中黄裳或激越或木讷，呈现出的样貌是多种的。二是黄裳散文特点及其传承论研究。黄裳散文创作种类之多、特点之鲜明一直是研究者关注的重点。如詹朝辉的《黄裳散文创作综论》(福建师范大学，硕士学位论文，1990年)、陈娴娜的《黄裳散文的知性之美》(福建师范大学，硕士学位论文，2012年)、陈惠芬的《〈黄裳散文选集〉序言》等。论者都注意到其文章充溢着知识性、书卷气。在黄裳散文传承研究中，论者多认为其承接了周作人的流脉，如孙郁的《当代文学中的周作人传统》、汪成法的《黄裳散文与“苦茶庵法脉”》、赵普光的《从知堂到黄裳：周作人书话及其影响》等。尽管黄裳本人不是特别认可这样的论断。三是关于黄裳藏书及学术研究的论述，有徐雁的《“旧书业真入山穷水尽之路矣”——有关黄裳旧书情缘的探讨》、张承宇的《钩沉稽微 会心之论——黄裳的南明人物研究》、步为莹的《也谈黄裳先生的文献学观点》等。这些研究介绍肯定了黄裳藏书的价值，同时也看到其论史的特色。

应该说，目前的学术成果为黄裳研究奠定了坚实的基础。但是黄裳一生复杂的经历、深厚的才学、多样独特的散文创作不仅使他成为中国现当代文坛上独特的存在，而且他也是深入研究中国现当代文坛和知识分子精神选择的一个极好切入口。目前需要进一步推进、补充、论证的问题有：(1)对黄裳其人的评说。目前的文字基本呈现出两个方向，或是极度褒扬，或是刻意贬低，急需从整体上对黄裳做出客观、公正的评价。(2)对于黄裳散文的传承及评价问题。如钱锺书、刘绪源、孙郁等都认为其承接的是周作人的流脉，但是黄裳本人予以否认。这需要进一步辨析。另外黄裳被很多学者认为是当代散文大家，其创作彰显出的文化、历史内涵无比丰富并富有无穷的生命力，但在文学史上却处于缺失状态。目前的研究未给出答案。（3）黄裳一生跨越现、当代两个时期，又因为职业、创作的关系一直处于时代的浪尖，他的身上存在着很多谜团。目前研究者看到了他和杂志《古今》的关系，如《知识人该怎样清理历史旧账？——从黄裳先生的〈集外文〉说起》（黄波），部分研究《古今》的硕士论文中黄裳也是一个点，但是结论性的东西还比较缺乏。其次，20世纪50年代在《文汇报》上刊发的关于杂文问题的讨论也是从黄裳开始的，目前的研究比较少关注。（4）书话是黄裳创作中的一大类，虽然很多学者都提到并做了一定的研究，如《书话史随札》（王成玉）、《熔铸古今成新体——黄裳书话的文体之美》（赵普光）等，但是给予的专门研究还远远不够。

陈子善曾提到："众所周知，黄裳先生是当代中国公认的藏书大家、版本学大家，同时也是散文大家。"[1]囿于学识，本书所谈立足于黄裳散文创作和其文人交谊。希冀从中不仅总结探查黄裳散文创作的特色，更能一斑窥豹，见当代文坛的众生相。

[1] 陈子善：《爱黄裳·编者跋》，《爱黄裳》，第344页。

目　录

上编　黄裳的散文王国

第一章　黄裳游记——带着书本走万里路 …………　5
第二章　黄裳书话——智性的文化沉思 …………… 23
第三章　黄裳杂文——多彩的战斗 ……………… 47

中编　黄裳的历史、文学人物品藻

第一章　明末历史人物品藻 ……………………… 72
第二章　现代作家品藻 ………………………… 94

下编　黄裳的交谊圈

第一章　黄裳与巴金 ……………………… 133
第二章　黄裳与汪曾祺 …………………… 152
第三章　黄裳与钱锺书 …………………… 162
第四章　黄裳与吴晗 ……………………… 169

结论 ……………………………………… 172
附录 ……………………………………… 174
参考文献 ………………………………… 183
后记 ……………………………………… 186

上编

黄裳的散文王国

每读高文，隽永如谏果苦茗，而穿穴载籍，俯首即是，着手成春。东坡称退之所谓云锦裳也，黄裳云乎哉。

——钱锺书

文章写得好的当然是黄裳，他用的都是平常的字句，你写得出他这个味道？

——王元化

黄裳是当代中国散文领域中的第一支笔；而且自“五四”新文学运动以来，散文造诣能达到黄裳的水平者也屈指可数。

——何满子

黄裳的散文创作最早开始于南开中学读书期间，当时在老师的影响下对时尚的新文学作品很感兴趣，就开始“习作散文”[1]，一上手就写有书评、游记、译文等。之后为了换取去内地的路费，他相继在杂志《古今》上发表了 20 多篇长文，计有历史笔记、读书随笔、人物品评等。1946 年出版了第一部个人作品集《锦帆集》，集中的文字多属游记，1947 年 3 月在上海出版公司出版的《关于美国兵》是报告文学体类，1948 年出版的小文结集《旧戏新谈》倾向于杂文，1982 年的《榆下说书》则开启了系列书话的写作。

谈到自己的创作，黄裳总结：“大致不出以下三类：读书笔记、记游文和随感。要简便，是统统可以归入杂文一类的。这里我用的是杂文的古义，指的是在传统文集中挨不进

[1] 黄裳：《寻找自我》，《海上乱弹》，第 1 页。

论、议、考、说、碑传、庆吊文……中去的一切东西。”[1] 谈到创作的承传，黄裳也有清晰的表述：“我是在‘五四’以来散文的影响下学习写作的。会稽周氏兄弟的作品，尤所爱读。鲁迅《朝花夕拾》一卷，至今常置案头，每一翻读，有历久常新之感。朱自清、俞平伯、郁达夫的作品也给了我不少影响。达夫先生模山范水的记游文字和他的日记，都是我爱读的作品，我所写的一些游记，都多少留下拂拭不去前辈的余徽。稍后有何其芳，他的《画梦录》《还乡杂记》几乎成为一时学习的范本。这在我早期散文《锦帆集》的某些篇章中还可以找到朦胧的影子。”[2]

正是在对前辈们的不断学习、选择和创新中，黄裳逐渐确定了适合自我的表达方式，写出了自己的风采。在近70年的创作生涯中，黄裳以游记、书话、随笔、剧评、杂文、通讯报道等各体散文，建构起了独具特色的“散文王国”。

本编就黄裳的散文代表性体式：游记、书话、杂文三类展开论述。

---

[1] 黄裳：《〈珠还记幸〉后记》，《黄裳文集·珠还卷》，第272页。

[2] 黄裳：《锦帆卷·自序》，《黄裳文集》。

第一章　黄裳游记——带着书本走万里路

黄裳的游记写作，最早开始于在南开读中学期间。《旅绥杂记》1935 年 4 月 21 日发表于《南开初中》，之后在巴金的提携下出版的第一部著作《锦帆集》包含多篇游记。1945 年下半年做《文汇报》报社驻南京特派员，在工作之余，手持朱偰的《金陵古迹图考》，遍游南京的大街小巷。这些文字先在《文汇报》上连载，后来结集成《金陵杂记》。1949 年 12 月 17 日，在《文汇报》上发表《南行杂记》，记述的是从南昌到赣州的行旅。1978 年冬开始，又可以出外旅行了，于是写作了《山川 • 历史 • 人物》，后来在国内以《花步集》为题发表。

一、游记创作简介

1.《旅绥杂忆》

这篇作品记述的是 1935 年的一次春假旅行。当时的容鼎昌和一些同学参加了“绥远旅行团”，八天的行程，游历了长城、张垣、云冈石窟、昭君墓、包头的黄河套、龙泉寺、河北村等地。他以每日一记的方式详细记录了当天的行止，所到之处的自然风光、人文特色，各地的物产及边防情况都有涉及。文章以朴实描述为主，穿插着年轻人对自然、人情、时世的感受。文字比较古朴，带有文言色彩。这组文字与黄裳后期的游记比较起来，较多体现了一个年轻人对现实的用心，符合出行的目的：考察。黄裳自评：“此文如与四五十年后所作的记游文字对读，不难发现其间的香火因缘，自然，幼稚是幼稚得很的。”[1]

2.《锦帆集》

这是黄裳第一本排印出版的作品集。此书作为中华书局印行的“中华文艺丛刊”之一，由巴金负责编辑。书籍分量不重，如他所说只是薄薄的五万字的小册子。这部集子主要记录了黄裳从 1942 年冬离开上海到重庆两年期间的流浪生活。基本“由旅行记和一些单篇散文组成，反映了一个从学校、家庭的温暖中走出，踏进社会的年轻人的心情转变”。[2] 这部集中的游记有：

《宝鸡—广元》。在 1942 年到 1943 年间，作为一名大学工科生的黄裳，开始了从上海到成都的旅行。他用“从徐州买来的一卷长长的书简纸”写下了《宝鸡—广元》一束日记（时间为 1943 年 2 月 7 日至 2 月 10 日），这束日记记录下了抗战间内地的行旅之苦。在战争的背景下，每天的睡觉、吃饭、坐车都成了大问题。黄裳还讲述了自己被骗的经历：“中午时候车子停在黄牛铺。这是一个狭狭的山道，远处有一两家卖吃食的小店。有一个小孩子来卖烧饼，一会就为车上的旅客抢光了。隔壁一位老先生拿了十块钱去让他到小店里代买十个烧饼，一会，拿来了。我也交给他十块钱，这一

[1] 黄裳：《我的集外文——〈来燕榭集外文钞〉后记》，《来燕榭集外文钞》，第 505 页。

[2] 黄裳：《锦帆集·后记》，《黄裳文集·锦帆卷》，第 83 页。

次等了许久还不回来，后来车子开了，烧饼终于没有拿到。”这多像是《笑林广记》中的段子，结合抗战的背景，读来只能是无奈的微笑。

这趟行程的交通工具是汽车。“车子时时抛锚，爬山坡时平均四分钟就得修理一次。司机在卖弄聪明，而实际并无聪明，结果车到双石铺即进站修理。大家开始以为还有希望再开，都在站里等候。司机在慢慢地擦油箱，那位老先生去问了一句，却惹起他的火来，被教训一顿。大家都说战时的司机气焰万丈，真不虚也。”多年后，黄裳写道：“抗战中间内地的行旅之苦，不是今天的年轻人想象得到的。留下来的文字记录也并不太多。钱默存在《围城》中写了一些，写得好。小说改编成电视剧时，用两集的篇幅把这段旅行纪事再现了出来。我看了，也觉得拍得好。几十年前的记忆又复活了。”[1] 如果说《围城》是来源于对现实生活体验的小说创作的话，《宝鸡—广元》就完全是真实的生活实录，不由让读者感到生活远比文学要真实，要可感。

《成都散记》。正如题目所示，这篇游记是漫游成都的记录。他在成都逗留了几天，游遍了成都的古迹。在这座城市里，作家体验到的是的两种截然不同的感受：“迎着早春的夜风，望着愈驶愈近的布满了华灯的街道，心里微微地感到了一些温暖，觉得是走进晚唐诗境里来了”。[2] 听着悠扬弦管中的清唱、看着卖甜食老人的操作，一切映现着平安、和谐。而晚上躺在床上听到外面激越凄凉的歌声，却又是“悲哀”的感觉浮上来。游武侯祠、望江楼，在历史故事、历史

[1] 黄裳：《我写游记》，《黄裳自述》，第 50 页。

[2] 黄裳：《锦帆集·成都散记》，《黄裳文集·锦帆卷》，第 44 页。

人物与现实的碰撞中逡巡，感叹着过往风流的歇绝。“一切旧的渐渐毁灭下去，新的坚实的工业文化还没有影子，成都却已渐染上了浓厚的浅薄的商业色彩，成为洋货的集散地，和一些有钱和有闲者消费的场所。在这里，我对那还多少保留了古代文化的成都的生活方式，和其他的一切深深的有着依恋的心情。”在文末，作家又写到了听川戏：“四川是从古以来就常有战乱发生的地方，这悲苦的经验被写进戏剧里、音乐里，如此深刻、如此广泛地活在每一个蜀人的歌音里，成为一种悲哀的调子。这使我联想起那啼血的子规和江上的橹声、船夫的歌声，觉得这些似乎是发自同一的源泉，同一的悲哀的源泉。”此时年轻的黄裳还未脱“为赋新词强说愁”的境界，但是他的愁苦的表达又非常古典化，直如黄裳多年后的自叹：“以我当时的年纪，在大时代中离家漂泊，是不可避免地带有感伤主义的气息的。在《成都散记》中就表现得相当充分。”[1]

《白门秋柳》是黄裳写的最早的有关南京的游记，创作时间是1943年10月12日。这篇游记中南京的风景是“风沙蔽日”，“飞舞着风沙的城市的街头”，整体氛围空旷而苍茫，“显示今日的江南的无声的悲哀”。战后的南京，大半已倾颓，凋落。黄裳和友人W流连在寒风中，走过了南京的中心和陋巷，专程走访了鸡鸣寺、寻找豁蒙楼、游历了扫叶楼，看了严冬落阳下的夫子庙、秦淮河等。身处六朝古城，“立在这一片六朝故垒的顶上，不得不油然地使你缅想着古昔”。在历史的播衍苍茫中，在幽幽的怀古之思中，“我感

[1] 黄裳：《我写游记》，《黄裳自述》，第50页。

到自己是一个渺小的人，站在这么一个古老而空阔的地方”，而看到那空旷萧瑟破败的街道，难以言说的愁绪自然涌上心头。看到鸡鸣寺修建的堡垒，“在堡垒的顶上向下看时，整个的南京城都在眼底了，眼前的一所宽广的建筑物的每一个房顶上，都飘拂着一面青天白日旗，可是上面多了个三角形的小黄条，这就是那一出丑恶的傀儡戏的演出的地方”。[1] 现实的批判嘲讽又冲口而出。到了扫叶楼，遇到了生计贫苦的中年和尚，“从和尚的口中，我们听到了关于石头城的许多故事，和胜棋楼也已经倾圮了的消息，他的黯淡的声音，缓慢地述说着一些兴亡的史迹，好像听见了低回地读着的一首挽歌辞”。从扫叶楼回到了城里，在秦淮河畔的“清唱”中感受着“烟笼寒水月笼沙”。清晨看到白鹭洲池塘边练唱的女孩子，作者不禁又写道：“这就是秦淮，一个从东晋以来就出名了的出产着美丽的歌女的地方。”在出名美丽的后面掩盖的是多少苦难和残忍呢！

我想，年轻的黄裳应该是带着一种心理预设来的，他流连于古都的街头，想找寻的大概是历史的辉煌和古代诗文构筑出的唯美。这颇像当年英国的毛姆流连在北京街头，“你进得城来，走上一条商店鳞次栉比的狭窄街道：许多木雕铺面都有它们精美的格状结构，金碧辉煌。那些精刻细镂的雕花，呈现出一种特有的衰落的豪华。于是你会想到那些发暗的龛橱里，都是出售各式各样的神秘莫测的东方的稀奇物品。这时，一匹毛色光鲜的骡子，踏着沉重的步伐，拉来一辆北京轿车（The Peking Cart），向着茫茫暮色中走去，静静

[1] 黄裳：《锦帆集·白门秋柳》，《黄裳文集·锦帆卷》，第 17 页。

地走去”。暮色中逝去的东方神秘是让毛姆最感兴趣的，他也以逝去的繁华寄托自己的怀古之情，而屏蔽了当时中国的严苛现实。黄裳虽也想怀古，一解幽情，但他不能闭起眼睛，战争下的万物凋弊和民生惨淡，他不能不感受到现实的荒凉、贫瘠。1923 年，在同样的地方，朱自清和俞平伯贡献了同题散文名作《桨声灯影里的秦淮河》。秦淮河上的画舫、歌妓成为多少人的向往。黄裳说 ：“我们终于恍然秦淮河的船所以雅丽过于他处，而又有奇异的吸引力的，实在是许多历史的影像使然了。”但是等到他来时，那画舫已不在，全部凋零、剥落、寂寞，悠长的岁月自然侵入作家的心灵，让他的追思古今变得凸显出来。

3.《金陵杂记》

1945 年下半年黄裳开始做《文汇报》报社驻南京特派员，常驻南京，让他不再是暂过的游客，而可以在工作之余，手持朱偰的《金陵古迹图考》，遍游南京的大街小巷。他说对“南明的兴趣丝毫没有减退，又来到这个弘光小朝廷建都的旧地，不能不使人颇兴怀古之思。看看眼前的世事，总觉得三百年后上演的依旧是一场过去的旧戏。于是在报上连续发表了一束《金陵杂记》”。[1] 这些文字后来结集成单行本《金陵杂记》。这部杂记包括 21 篇文章，看起来是游记，但“如果只是游记，描写风景，记点琐事，似乎太单调。不敢附庸风雅，说是有怎样的‘历史癖’，不过觉得有些地方，的确是历史味浓于风物美”。因此，这本记游之作更像是历史的考古，因为黄裳说：“我的理想，是能将

[1] 黄裳：《我写游记》，《黄裳自述》，第 51 页。

历史与地志糅合在一起，希望还能使读者不致昏昏欲睡。”[1]这部集中的文章有：

《半山寺与谢公墩》读来颇像是遗迹的考古，对历史人物王安石充满了同情之意。同时又不忘现实，对当时战争、“同志”做了一定的讥刺。《石观音寺》讲石观音寺，兼及萧衍杀妻郗氏的故事与传说。《周处读书台》文章不长，介绍景色的文字有：“正在石观音寺的左边，是晋周处的读书台。进门以后，有假山，怪石孤松，非常清疏，高处有一座享堂，现在已经是小学了。”“在神龛里，挂了一张石刻画像的拓本，看看真是豹头环眼，十足的流氓相，前面的牌位上题了‘晋散骑常侍平西将军周孝侯讳处字子隐之位。’”[2]。其他的文字为对周处生平的介绍，最后又由周处读书台联想到当时所谓诗坛之“盛”。《快园》基本分为两部分，前面讲述的是明武宗的游幸及在扬州非春时而命花开水澌等等荒唐之举、件件劣事，后面提到了“快园”。这是徐子仁的名园。尤因武宗当年幸其家，于园池中钓得金鱼并失足落水中闻名。“南京人的‘风雅’是可佩的。这样的地方，他们却叫作‘小西湖’。想想五百年前那个好玩的皇帝，钓鱼不慎，就是掉到这样一湾臭水里去时，不禁失笑，觉得滑稽得很。除了这个，要再找明武宗在南京的遗迹，也实在没有了。”此篇重点不在自然风景的介绍，实际上也无风景，只是“满巷全是污泥，尽头一片菜园，有一湾臭水，旁边就是粪坑”。[3]《随园》写的是袁枚袁子才，同样多于人物行迹介

---

[1] 黄裳：《金陵杂记·小序》，《黄裳文集·锦帆卷》，第228页。

[2] 黄裳：《金陵杂记·周处读书台》，《黄裳文集·锦帆卷》，第237页。

[3] 黄裳：《金陵杂记·快园》，《黄裳文集·锦帆卷》，第256页。

绍并加上作家的慨叹。特别提及其大收女弟子，并为妓女被禁大打不平。而题目所谓的“随园”早就没有了，连“只有一楹破椽的袁祠”也看不到了。《梅园》是解放前身为记者的黄裳常去的地方，他在此参加记者招待会，留在文字中彰显的是周恩来出色的回答问题能力，还有董必武、吴玉章，以及梅益等人的风采。黄裳怀着钦佩、感叹、颂赞的感情描摹了工作在这座园子里的人。

抗战过后，整个南京已然破败，而且到处能看到遗留的军事痕迹、持枪的大兵。在这种情况下，徘徊在历史遗迹间，面对萧索、荒莽、颓败的现状，大概只能从历史中找点可喜、可观的东西了。而这恰好也正是黄裳个人的兴趣所在。但是要注意的是，黄裳写历史，不是完全地沉浸其中，他往往要跳出来，不仅对历史进行评述，而且对现实进行抨击。当然，他的抨击不是怒目而视，疾言厉色，而是或用反语、或用黑色幽默的笔法，在不动声色或揶揄中更显其对现实的深切关注：“这种地方，是破败也有破败的好处的。如果一个好地方，名胜之区，看不见一位‘同志’，在我，那反而是要感到意外而觉得‘遗憾’的吧？”[1]

4.《入蜀记》

《入蜀记》作于1956年间。黄裳自述是“未能化成游记的日记”中的几篇。“也许比拟想中的文字更朴素，更带有原始的感兴。”[2]《回到重庆》是《入蜀记》系列的第一篇，也可称为是引子，如文章的题记一般，作家对这座新兴的城市充满了感情，他不吝笔墨，从飞机上观景开始，运用了很多

[1] 黄裳:《金陵杂记·半山寺与谢公墩》,《黄裳文集·锦帆卷》,第233页。
[2] 黄裳:《我写游记》,《黄裳自述》,第51页。

唯美的比喻，如此张扬的文字和作家激荡的重来心情是相和的。作家首次到山城，是1942年。14年后重来，国家已是新兴的人民共和国，自己也从当年落难逃亡的学生成长为著名大报的记者，身份、境遇、国事等的变化，定会使得作家心情激动。所以《回到重庆》一文不太像一般的游记，更像是一篇优美的抒情文字。文中写道："一切是那么陌生，可是又那么熟悉。"他"又听见了车子上坡时那种吼声"，"又看到了那种树在悬崖路边画着'N'形、上面写着'急弯'字样的路标"，"又看见了那无所不在的黄桷树"，"又看见了那熟悉的石板路、石板小桥，小桥下面缓缓流着的溪水"。[1] 应该说，这篇在黄裳整个游记中是比较特殊的，读者眼前能够浮现出一位中年男子在回到阔别多年的故地时的激动的形象。作家明朗、激动的心情也通过文字袒露了出来，笔下涉及的人、景都披上了情感的轻纱，显得多情曼妙。而这也直接推导出下面诸文的情感，一方面是作家为新时代新发展在讴歌，一方面也有旧景难觅的丝丝怅惘。

《九龙坡》是作家非常熟悉的地方，曾经在这里住过一年。"在那些苦难的岁月里，九龙坡留给我一段磨蚀不掉的痛苦却又亲切的记忆。我熟悉那地方的一切，那些坡坡坎坎，那些下雨天没胫的泥泞，小店里的灯火，茶座上的闲人，读书用的土制牛油蜡烛。那些茅草搭起来的饭厅、宿舍、课堂。那些竹制的桌子，站在桌边，每天两次吃着掺杂了稗子、石块、沙土……的'八宝饭'，……到今天，我一闭上眼睛，脑子里就会浮出一幅图画，心里也会泛出一股复

[1] 黄裳：《入蜀记·回到重庆》，《来燕榭集外文钞》，第430页。

杂的、酸甜苦辣交织的滋味。我想念它，像亲人似的想念它。于是，当这次回到重庆，而且早就知道成渝铁路已经建成，而九龙坡真的已经成为铁路的起点站的时候，我真想马上就去看看，看看那座办公大楼怎样真的变成了车站，看看那里虽不相识但却稔熟的老邻居们怎样变成了铁路工人，那些饭铺、茶馆……还是不是老样子。”但“我的幻想，我的当年旧梦，用不到到了九龙坡，早在离开两路口、踏上新市区（也就是从前的郊区）的时候，就已经破灭了”。[1]之后作家一直在新旧的对照中，在旧梦的缅怀与新现实的赞叹中叙写所见所闻。

《红岩》一篇写的是参观“红岩村”纪念馆。这是1945年8月，毛泽东从延安到重庆与国民党谈判时所居之处。黄裳介绍了纪念馆外面的风景，那小路、农场、黄桷树都有动人心魄的故事。楼里的布置完全体现了那时斗争的复杂性，机关、密室的设置让人感觉惊心而安全。黄裳特别细致记述了周恩来和毛泽东的房间，表达了作家对革命伟人的深厚敬意。同时也指出陈设的新物显得有些不伦不类。

《红军的脚迹》特别写了重庆博物馆中的革命文献馆，对其中的展物做了详细的介绍，杂志、歌谣、纸币、党章、党证、拓片，等等，作家写道：“在这些珍贵的纪念品前面，使我好半天不能离开。我好像看到了一部活生生的历史影片。使用过这些物品的英雄们仿佛就站在我的面前。我看得见他们眸子里的光芒、豪迈的笑脸，听得见他们英雄的声音。”[2]作家的情感、兴趣通过他对物品的介绍直观地透露了出来。

---

[1] 黄裳：《入蜀记·九龙坡》，《来燕榭集外文钞》，第431页。

[2] 黄裳：《入蜀记·红军的脚迹》，《来燕榭集外文钞》，第440页。

5.《花步集》

《花步集》主要收录了“文革”结束后黄裳复出后的游记散文。1981 年香港三联以《山川·历史·人物》为书名出版，1982 年 5 月，改名为《花步集》，由花城出版社出版。

6.《晚春的行旅》

《晚春的行旅》1986 年 10 月由湖南人民出版社出版。《花步集》与《晚春的行旅》这两部集子以行踪为线，更多表现的是作家对历史、时事、新时代的思考和期冀。“一九七八年冬开始，我又能出外旅行，又能发表游记了。这真是一种大欢喜。这种欢喜的感情充分地表现在写苏州、南京、杭州的几组文字中。”[1]《故宫》一文写事隔 20 多年的重游。虽然今天的故宫很难找到过去的痕迹，但黄裳以为这并不值得惋惜。今天的“人们是可以从中学到很多知识的，不过需要一副清醒的头脑和观察事物的方法”。[2]《富春》是一篇很长的文章。黄裳从《六朝文絜》《水经注》《富春山居图》以及郁达夫的散文《钓台的春昼》引入，兴味盎然地叙述了游览过程。文章最后写到范仲淹的《严光生祠堂记》和他的《钓台》诗互相参照，澄清了人们对于范仲淹的理解，并最终对于作为隐士的严子陵做了肯定的评价。

二、游记创作特点

我国游记散文在南北朝时期成型，唐代有了重大发展，“叙事、写景、抒情、议论四种功能在作品构成中能够较好地结合，创造出富有诗味的意境”。到了宋代，达到古代游

[1] 黄裳：《我写游记》，《黄裳自述》，第 52 页。

[2] 黄裳：《故宫》，《黄裳文集·锦帆卷》，第 506 页。

记散文创作的高潮期，“游记载体出现了多元化，不仅叙述、描写、抒情、议论得到综合运用，而且文体形式灵活多样，丰富多彩，标志着游记散文体的成熟与完善”。在宋代的游记散文中，形成了三大系列：文化型、心态型、再现型。其中，陆游的创作“主要不是通过自己的观察和独特的感受来再现山水之美，而惯于陶醉在前人对于眼前山水的描写之中，甚至沉湎于对某些诗句正误的判断、历史掌故的考据、碑刻佚文的记叙，以及民俗绘画茶道的述说之中，可见他的游记散文是代表着一种文化型的日记体游记”。[1]

从传统文化的传承来讲，黄裳的游记具有历史文化色彩，比较倾向于陆游。而在现代作家群中，黄裳颇为推崇沈从文的《湘行散记》和《湘西》。《湘行散记》和《湘西》是沈从文散文创作中的精品，是他在抗战前后两次回乡历程的结晶。在这两部散文集中，沈从文发现了风景，从他的视角把景、情、人、物有机地结合了起来。正如他所说：“屠格涅夫《猎人笔记》，把人和景物相错综在一起，有独到处。我认为现代作家必须懂这种人事在一定背景中发生。”[2] 黄裳的游记可以说是有机地结合了陆游和沈从文散文的特色，走出了一条满蕴文化历史气息的游记之路。

1. 山川间的历史、人物、现实

黄裳曾谈到爱读郁达夫的“模山范水的纪游文字和他的日记”。郁达夫的一生是漂泊无定、浪迹四海的一生。这样的经历在某种程度上成就了他游记创作的辉煌。在他的游记

[1] 朱德发：《试论中国游记散文的文体特征》，《菏泽师专学报》，2001年第1期。

[2] 凌宇：《沈从文谈自己的创作——对一些有关问题的回答》，《中国现代文学研究丛刊》，1980年第4期。

中，有大量的对自然环境的描写，其背后的推动力量其实是作家个人的情绪，可以说郁达夫的游记是“以景述情，缘情叙景”。而黄裳的游记读来与郁达夫的差异较大。

在《晚春的行旅》的序里，黄裳说：“关于游记我就一直怀着一些不清楚的概念。什么是游记？有没有游记文学这样的东西？只有作家才能写游记吗？科学家、史学家、地理学家……的著作中有没有包含着游记的因素？《水经注》《洛阳伽蓝记》以至《梁思成文集》里那些古建筑调查报告，能和游记沾得上边么？《徐霞客游记》是科学著作还是文学作品？这都是很有趣的问题，如果加以认真的分析、思考，是会得出应有的有益结论的。”[1] 黄裳的这段思考表明他对游记是有着自己的想法的，或者说，黄裳笔下的游记并不是单纯地模山范水，更不是简单的旅游风景指南，他是在山水的勾摹中把笔触放在与山水有关的历史、人物上，自然的风景在黄裳的眼中成为过往历史风云的结晶，“行万里路，读万卷书”成为黄裳游记的标识。

正如邵燕祥指出的，黄裳写游记是“先找几本有关的参考书，还并非一般的导游指南，多是偏于文史的资料。这样他按图索骥，在印证辨别的基础上，不管抚今思昔还是怀古伤今，便都得免于空泛。这就不是苏东坡似的随意认一个赤壁，而有点像顾亭林踏访昌平山水了。说他读万里路，还有一层意思，他除了名胜古迹仔细寻访以外，对不见经传的民情风习，同样饶有兴味地采访，有的甚至也是逐字逐句一一认真读来。这样，黄裳无异于行走在万卷有字无字的书中，

---

[1] 黄裳：《〈晚春的行旅〉序》，《黄裳文集·锦帆卷》，第 565 页。

无怪他写下的行脚文章，都氤氲着书卷气。他把1956年回到重庆那一组文章题为《入蜀记》，能不让人想起八百年前写过《入蜀记》的陆放翁么？”[1]关于这一点，黄裳也直接谈道：“游记也不是纯粹描写风景的，没有了人，没有了历史气息，只能是一种枯燥的自然写生簿。”[2]

当然这样的游记写作也是有一个时间段的，黄裳说：“《锦帆集》记录了我从1942年冬离开了上海后两年中间的流浪生活。由旅行记和一些单篇散文组成，反映了一个从学校、家庭的温暖中走出，踏进社会的年轻人的心情转变。作者没有为自己幼稚的感伤情怀感到羞愧，当睁大眼睛面对现实时也没有回避幼稚的惊异。”[3]的确，在这个阶段，作家是刚刚离家踏上社会，与社会最初的接触就是一段艰难漫长的旅程。一方面他自然感受到旅途之艰难、民生之疾苦，另一方面也不少看风景的冲动，而年轻的黄裳与一般年轻人不同的是，他不仅有年轻人自然的浪漫感伤，更有对历史热爱、痴迷之后在现实中寻觅古迹，想得到印证而不得的懊恼之情，因此他更会发出思古之幽情。因此在《成都散记》之后的游记中，“这种感伤主义的因子逐渐淡化，终于为对古昔的怀想所代替了。表面是‘怀古’，隐伏在底下的则是‘伤今’。借对南明史事的追寻，寄托了现实的感慨。贵阳和昆明两记都是这样”。[4]

这种历史的追寻在黄裳关涉南京的游记中尤为突出。

---

[1] 邵燕祥：《黄裳的“散文王国”——我读黄裳散文的一些印象》，《爱黄裳》，第48页。

[2] 黄裳：《我写游记》，《黄裳自述》，第52页。

[3] 黄裳：《锦帆集·后记》，《黄裳文集·锦帆卷》，第83页。

[4] 黄裳：《我写游记》，《黄裳自述》，第50～51页。

从 1942 年到 1979 年，关于南京，黄裳长长短短地写了有四五十篇，后来收入了《金陵五记》一书。2001 年四川文艺出版社在此基础上经过重新编排又出了《黄裳说南京》，基本上涵盖了之前黄裳所有关于南京的文字。

正如黄裳自述，当年穿梭在南京的大街小巷，手里拿的是朱偰的《金陵古迹图考》。可以说他游览的不是现实中的南京，而是要从中寻觅历史的过往。因为在黄裳的眼中，南京的特别在于："朝代递嬗多，社会变化剧烈。特别是常常与历史上的民族战争有密切的关系。这一特色则是其他一些古都所少有的。六朝都是偏安的局面，南唐、南明更是可怜而短促的偏安朝代。太平天国建都南京也只十多年。在这些短促的朝代里，留下了许多遗迹，为诗人所注意。"[1] 所以当他行走在这里时，被浓厚的历史气氛所包裹，从而"打开记忆的窗门，调动民族的、历史的感情力量"来表现这一切。

历史的表现离不开考证，所以黄裳一直很看重与金陵相关的图书。顾农谈道："黄老 1952 年购得晚明怀宁阮大铖（集之，1587—1646）的诗三集八种，在第二年的一则跋语中写道：'十年来余数过金陵，深喜其地方风土，曾撰为杂记若干篇，于晚明史事尤喜言之。曾于暇日经行凤凰台畔，故家园囿，鲜有存者。乃忽于委巷中得阮怀宁故居，今名库司坊，当日之裤子裆也……大铖诸集刊于崇祯季年，板存金陵，未几国变，兵燹之余，流传遂罕。况其人列名党籍，久为清流所不齿。南明倾覆，更卖身投敌，死于岭峤，家有其集必拉杂摧烧之而后始快也。念当无由更得之矣。乃忽于书

[1] 黄裳：《金陵杂记・后记》，《黄裳文集・锦帆卷》，第 319 页。

友郭石麒许见此，为南陵徐氏遗书，欣喜逾望。’稍后又有跋尾多条，从不同的侧面谈阮大铖其人其书，对于没有能够买到或借抄阮胡子的《和箫集》颇为耿耿。”[1] 黄裳《梦雨斋读书记》录有：“1980 年为《金陵卧游六十咏》作跋语云：‘顾起元有《客座赘语》，记金陵故事甚悉。余有原刻，仅存四卷，《嬾真草堂随笔》诸集皆未见，藏家亦少著录之者。余去岁重游白下，撰游记十篇，忆有此书，以尚沦盗窟，无从取观，怅叹无已。近始获归，亟阅一过。起元为万历中人，所记较余淡心父子更早，可见金陵旧事，暇当补入一二事也。庚申芒种后一日书，距收得已三十年矣。’”

因此，“像台城、朱雀桥、乌衣巷这样的地方，这些孕蓄了巨大能量的古旧的地理名称，在南京几乎到处都是。即使有些泯灭了遗迹，但名称还在”。[2] 这些街道、名称、留下的牌匾、在此停留过的名人、有关的诗句等都涌现于笔端，使得读者读黄裳的南京游记不仅有现实的风景，他更像是一位学富五车的知者面对着一山一湖一亭一楼等告诉你后面那或美丽或哀伤或痛苦或可笑的历史。所以看黄裳的游记，看的是由历史人物、历史故事组接起来的文化风景。

2. 杂文笔法随处可见

散文有三种基本表现手法：叙述、描写、议论。在游记写作中，多用叙述、描写，当然还可以再加上说明的手法。而黄裳的游记独在议论方面大加文字，表现出鲜明的杂文特质。

随手翻开一篇，《苏州的杂感》：“十年以还，太炎先生

[1] 顾农：《三读黄裳》，《中华读书报》，2010 年 9 月 22 日，第 14 版。

[2] 黄裳：《金陵五记·后记》，《黄裳说南京》，第 30 页。

为'四人帮'的论客诬蔑得不成样子，现在总算是非清楚了。但正如鲁迅先生所说，近有文侩……竟也作文奚落先生以自鸣得意，真可谓'小人不欲成人之美'，而且'蚍蜉撼大树，可笑不自量'了！这种可恶的现象，一时怕也未能绝迹。因此，看到汤先生受到人民的尊重，是不能不高兴的。"[1]

《苏曼殊及其他》访的是西泠桥边的苏曼殊墓，在文中，黄裳直接论道："秋瑾、徐锡麟、陶成章，还有曼殊，他们得以葬身湖边，因为他们都是辛亥革命前后死去的革命者或同路人。还有更古的岳飞、于谦、张苍水以及林和靖，他们也各以其特殊的理由葬于西湖旁边，不幸其中有些正是所谓'帝王将相'和'才子佳人'。不论怎么说吧，他们都曾经是历史上的客观存在，采取不承认主义是不行的，那是只有阿Q才使得出来的妙计。像'四人帮'那样的放手荡涤，企图达到'眼不见为净'的目的，实践证明是不行了。看来也只有实事求是，区别对待，一个个都给他们以恰如其分的历史地位。这工作一定是麻烦的，但必须耐心做，没有别的法子想。"[2] 对过去错误思想及做法的直接抨击与揭露、对新时期新面貌新气象的肯定与赞扬，都毫无挂碍地出现在游记中。

这种自由的写法印证着黄裳对游记的看法："写苏州的一组散记取名《苏州的杂感》，说明这些记游文字是以杂感为核心的。我一直觉得散文和杂文之间并无一条明显的界限，只有任意而谈才能充分发挥散文的功能。"[3]

"记游文字以杂感为核心"，显示出黄裳强烈的现实观

[1] 黄裳：《苏州的杂感》，《黄裳文集 • 锦帆卷》，第 331 页。

[2] 黄裳：《花步集 • 苏曼殊及其他》，《黄裳文集 • 锦帆卷》，第 359 页。

[3] 黄裳：《我写游记》，《黄裳自述》，第 52 页。

照感。他带着书籍考察山水，在不停地考证相关的地点、人物，这样做完全是从科学的角度出发，体现着求实的精神；其次，他也并不是要把读者带回到历史的序列中，而是将历史与现实两相对照，从而见出其发展后面的意义。“穿着高贵的黑色华服的王谢子弟，早已从历史的屏幕上消失了；披了白袷春衫的明末的贵公子，也只能在旧剧舞台上看见他们的影子。今天在秦淮河畔摩肩擦背地走着的只是那些‘寻常百姓’，过去如此，今后也仍将如此。不同的是今天的‘寻常百姓’已经不是千多年来一直被压迫、被侮辱损害的一群了。”[1]

总体来看，黄裳的游记，既有山水的描摹，也有山水中的个人，更有山水后的深层历史。黄裳的游记是带着历史沧桑的眼光看，带着现实的激情看，带着发展的眼光看，中间有他对历史的缅怀，有对传统的一丝向往，也有小知识分子难以排遣的思古幽情。黄裳说：“当我在南京，奔驰采访国共和谈的情形下，即使是那么忙乱，也还不能忘情于这座六朝名都，抽闲写下了一卷《金陵杂记》，也是某一意义上的抒古伤今之作。几乎在同时出版的一册《锦帆集外》中又收入了昆明、贵阳、桂林三记，透露了抗战中流转西南的旅人心情，对南明旧史的关怀，也是和国家命运息息相关的。这就初步形成了我对游记写作的看法。有那么两句老话，‘英雄若是无儿女，千古河山漫寂寥’，来得正好，正好说明这种执着的意念。”[2]

[1] 黄裳：《秦淮识梦记》，《黄裳文集·锦帆卷》，第 394 页。

[2] 黄裳：《黄裳文集·自序》。

第二章 黄裳书话——智性的文化沉思

"书话"，从其字面意义来看，就是关于书的话语。"我国的书籍最早出现于何时，现在尚难确定准确的时间。相传，上古就有史官掌管著作。现在流传的三部古书——《尚书》《易经》《诗经》，据说就是根据上古史官保存的文件编订的。"[1] 有了书籍以后，就会出现对书籍的谈论。最早出现的对于书籍的谈论，据伍杰推断当属孔门弟子子夏所写的《诗经·大序》。[2] 与书评的漫长历史相较，"书话"出现的时间则比较晚，其创作真正成熟一般被限定在20世纪三四十年代。当时一批著名作家、学者，如鲁迅、周作人、阿英、郑振铎、叶灵凤、巴金、曹聚仁、孙犁、夏衍、唐弢、谢国桢、黄裳等，进行了大量的实践创作。他们的书话有的谈书籍的版本，有的谈由书引起的对书人、书事的回忆，有的通过书籍说出自己的好恶情愁，还有的通过书的谈论传达出对历史、现实的体悟和沉思……这一切正如孙郁所说："'书话'，乃系着文化人与历史、与生活的联系，此间所折射的

[1] 郑如斯，肖东发：《中国书史》，第28页。

[2] 徐柏容：《现代书评学》，第6页。

价值态度、美学走向，均是独特的。”[1]

黄裳最初创作书话可以上溯到20世纪40年代。当时，唐弢在《文汇报》的副刊“文化街”上发表书话，“因故告假缺席”，黄裳就出来代作几日，是“晦庵先生‘书话’续稿未到，试拟一题以寄延贮之意”。[2]于是他写了《先知》《佛家哲学通论》《百喻经》三则，发表于1946年11月4日、9日的《文汇报》上。而其大规模创作、发表书话则要推到近40年之后。从20世纪80年代开始，黄裳先后出版了《榆下说书》《银鱼集》《珠还记幸》《翠墨集》《榆下杂说》《春夜随笔》《黄裳书话》《书之归去来》《来燕榭读书记》《梦雨斋读书记》等书话集。

与其他文学创作不同的是，“书话”一词在内容上为自己确定了话题，也就是说，能够称为书话的作品最基本的一个要素就是“书”。“书”是书话谈论的内容，同时也是书话得以存在的根源，可以说，书话是由书起而又终于书的。“书”作为一种物质存在为书话划定了区域，正如唐弢所说：书话的“着眼在‘书’的本身上”。[3]也就是说，“书”成为书话所要面对和表现的世界。正是在这个角度上，书话对自己的作者做出了选择，同时也建构起了自己的作者群。首先，书话作者必须是一个爱书者、藏书者。很难想象一个不爱书的人会写出书话作品来。其次，书话作者需要具有一定的识见。识见来自于作家丰富的人生阅历，来自他们从书本中获得的知识、经验。从现代书话作家的身份来看，一个值

[1] 孙郁：《鲁迅书话·编选后记》，第377页。

[2] 黄裳：《拟书话三则》，《来燕榭集外文钞》，第320页。

[3] 唐弢：《书话·序》，第5页。

得注意的现象是他们往往具有作家和学者的二重身份。黄裳在这方面堪称典范。这也正如他自己在谈书话创作缘起时说的："对旧史的兴趣，也引发了我对旧书的爱恋，从收集新文学旧刊本又转到旧有典籍的蒐求。我时时警惕自己，不可过深陷入骸骨迷恋的迷宫，要时时与现实比照从而发现其间的关系，因而书话又成为写作新的方向。"[4]

一、黄裳的收书、藏书情况

早在读中学期间，黄裳就在老师的影响下开始购买新文学作品。20 世纪 30 年代，还是少年的他就总是把家里给的一点点点心钱花费在购买书籍上。他回忆道："六十年前我与作者（唐弢——笔者注）同有收书之好，也都认识徐家汇那家旧纸铺的猫脸老头儿，在他那里搜求旧书旧杂志，每有所得必相与欣赏，以为乐事。"[5] 后来他的兴趣渐渐地转为收集线装旧书残本，购买刻本、抄本、校本等。他在《断简零篇室摭忆》中写道："我的买旧书，是从收残本开始的。一直乐此不疲，至今架上所存，残本多于全本。"[6] 他所收的第一本旧书《四印斋所刻词》是在读高中时从劝业场的书摊上买得的。虽然对古书的兴趣在中学时代就形成了，但是据黄裳自己的回忆：

大量买古书却是 1947 年后的事。当时我已是《文汇报》的编辑，报纸被国民党封门以后，我闭户索居，写关于吴昌时的《〈鸳湖曲〉笺证》。吴晗知道后从北平寄来了《霜猿

[4] 黄裳：《黄裳文集 • 自序》。

[5] 黄裳：《拟〈书话〉》，《拾落红集》，第 173 页。

[6] 黄裳：《断简零篇室摭忆》，《书之归去来》，第 162 页。

集》；郑振铎的帮助更使人感动，我记得在他家灯光灰暗的“书城”里，他顺手就抽出了明刻的《几社文选》塞给我。名贵的明版书也慨然相假，真是让我又激动又不安。从这以后，我也开始买起古书来。

那时买书没有一点章法，也没有一定的鉴定眼光，靠的是一股豪气。好在当时书多，价钱也不像现在这么昂贵，一般的明版书也只有几十块一部。只要看了中意就尽力买进来，当然重点是明末清初那一段，除野史外，也买明人集部和清初人的集部，还买了一些晚明版画。[1]

黄裳就这样走上了买旧书的道路，多年来，不管是南京、苏杭、扬州，还是上海、北京，他总是在旧书店铺之间流连。到了北京，往往是一头扎进琉璃厂和隆福寺就出不来了。在收集旧书一段时间后，黄裳就开始写作札记，这见于1952年他给老同学周汝昌的信中：“《札记》近已开始写，每天弄笔，亦不觉其疲，可笑之至。殆书鱼故技，只能作此冷淡生涯乎？已积有万余字之稿。只好用文言，因一谈版本，行款则自有一套‘规程’，白话中无有也。弟颇有秘笈，草草写来，亦皆外间未见之书也。”[2]20世纪60年代初，他“曾经有过一种野心，想关起门来研究几个有兴趣的历史问题”，“记得其中就有这样一些题目：清初明遗民的生活与思想，他们与新朝统治者的微妙关系，以及通过像曹寅这样的人物体现出来的清初文化政策。”[3]

---

[1] 黄裳：《书林漫话》，《春夜随笔》，第83页。

[2] 黄裳：《致周汝昌·一九五七年十月七日》，《来燕榭书札》，第17～18页。

[3] 黄裳：《银鱼集·后记》，第375页。

因为“研究这许多饶有兴味的重大课题，不是我的知识、素养所能承担的”，所以黄裳因为读书而买书成为他的选择。多年徜徉在旧书的海洋，孜孜于读书、访书，黄裳逐渐成了版本学方面的专家。很多人都从他那里得到过帮助。何满子受命责编一本宋人诗话，遇到版本上的问题，就近请教颇究此道的胡道静先生，不能解决，于是函请北京图书馆的赵万里先生，赵先生给了答复后，信中特别建议以后遇到此类问题可以就近求教黄裳先生。胡益民撰述《张岱评传》，遍搜其散佚诗词不得，后知黄裳藏有极为珍贵的张岱诗集手迹，求教，黄裳慷慨应允借抄。姜德明回忆自己某年收到一本《鸿泥目录》，发现此书的前后都有残页，就向黄裳求教，黄裳即指出“此为罕传佳册，不知一氓同志何以弃之也。二十年前余亦得此书，《目录》八卷外尚有《续录》四卷，《续吟》一卷”。[1]

在书籍的选择方面，黄裳有独特的眼光。在他的藏书中，比例最大的是明清人的集部。黄裳认为：“集部书是一直不为人所重视的，特别是那些并非‘名人’的作品。这当然也不能说没有道理。不过事物往往有另外一面。非‘名人’的作品，未必就不足观；如果我们能进一步从‘艺术第一’的偏见中解放出来，就可以从作得不一定怎样‘漂亮’的诗文中发现值得珍重的东西。我这里所指，就是思想史、社会史的大量记录与素材。”[2] 如果仔细分析，可以发现黄裳的这种观点在现代的一批作家、学者那里可以找到同好，鲁

[1] 姜德明：《李一氓藏书》，《姜德明书话》，第 352 页。

[2] 黄裳：《谈“集部”》，《黄裳书话》，第 10 页。

迅、周作人、阿英、郑振铎等都非常重视收集史料，注重原始的记录与素材。如阿英：“他不跟在别人后面跑，采取了一条‘人弃我取’的途径。他注意的是那些寂寞的、受到不应有冷落的区域。他尽自己微薄的力量在书市上进行‘抢救’。书籍到手以后并不束之高阁或装饰书房，而是抓紧阅读、研究、选录、纂集，把三十年代开始编著的《近百年来国难文学大系》扩展、丰富，完成了鸦片战争、中法战争、甲午中日战争、庚子事变、反美华工禁约等《中国近代反侵略文学集》。同时又完成了规模庞大的多卷本《晚清文学丛钞》。”[1] 黄裳也是这样，他在收藏了明代著名藏书家山阴祁彪佳的手稿本《曲品》《剧品》之后，费心整理并出版了非常有价值的《远山堂明曲品剧品校录》。

多年收书、藏书，使得黄裳和书籍之间建立了生死的感情。“从小就喜欢书，也从很小起就开始买书，对于书的兴趣多少年来一直不曾衰退过。”“文革”中，他的藏书被抄得干干干净，“终于弄到荡然无存的地步了”。面对如此的打击，黄裳看来要比古代藏书家通脱得多，他说自己感觉“好像一个极大极沉重的包袱，突然从身上卸了下来。空虚是感到空虚的，不过像从前某藏书家卖掉宋版书后那种有如李后主‘挥泪对宫娥’似的感情倒也并未发生过。我想，自己远远不及古人的淳朴，那自然不必说，就连自己是否真的喜欢书，似乎也大可怀疑了”。[2] 这段话虽有作者的激愤之情，但也是对当时心情的真实描述。也许正是这种坚忍、通达让他少了物的羁绊，在行文时才能更自由、灵动，完全传达出自

[1] 黄裳:《阿英与书》,《银鱼集》, 第 210 页。

[2] 黄裳:《书的故事》,《黄裳书话》, 第 3 页。

己的真性情。

二、黄裳的书话谈

大约从 20 世纪 80 年代开始，黄裳开始了大规模的书话写作。在这方面，黄裳不仅有大量的实践，而且也表现出了强烈的文体意识。文体是文学形式方面的概念，是语言、意象、结构等文学形式要素所表现出的较具整体意义的个性。如果说文学形式包含了作品中的每一个字符，这些字符在意义的形成中都担负着一定的职责，那么，文体是指一种更具整体性、更为个性化的形式构成。而“文体意识，是指作家、读者在创作与欣赏过程中，在长期的文化熏陶中形成的对于不同文体模式的一种自觉理解、独特感受和熟练的心理把握”。[1]

在现代书话发展历史上，较早给予其文体解读的是唐弢。唐弢在 1962 年出版的《书话·序》中指出自己的书话创作“着眼在‘书’的本身上，偏重知识”。[2] 在 1981 年的《晦庵书话》中更明确提出：“书话的散文因素需要包括一点事实，一点掌故，一点观点，一点抒情的气息；它给人以知识，也给人以艺术的享受。”[3]

黄裳多年浸淫在书的海洋中，他往往喜欢对问题探求源流，分析判断。故在其文字里，我们可以找到很多对书话的看法：

“说书”，意思是说，这些文字大抵说的是与书有些关连

[1] 王充闾：《黄裳先生与学者散文》，《爱黄裳》，第 56 页。

[2] 唐弢：《书话·序》，第 3 页。

[3] 唐弢：《晦庵书话·序》。

的事情；同时也是说，这只不过是一些漫谈。取书本中一点因由，随意说些感想，和说书艺人的借一点传说敷演成为故事有些相像。既无系统，又少深度，就连材料也是零碎的。[1]

书话其实是一种随笔，一种很有文学性、很有情趣的文字。这同古人的“读书记”不一样，像《义门读书记》，主要是摘记零星的资料或考订。书话则更接近于清人黄荛圃的题跋，他往往不多谈书的内容，却喜欢在题跋里记琐事，谈买书经过、书肆、书商、书价、藏家，包括日常生活，都随手记下。许多学者对这类杂七杂八的文字不以为然，像我这样的读者却是读得津津有味。再往上推，这一类题跋文字可以说是宋人开创的，苏轼、黄庭坚、欧阳修、陆放翁，都写过不少很漂亮的跋文；尤其使人不能忘记的是李清照的《金石录后序》，那简直可说是书话这一文学形式的开山之作。新文学中开创书话文体的当然是知堂，他用散文的形式谈老书，常能谈得十分精辟而又举重若轻。阿英的《夜航集》和唐弢的《晦庵书话》是谈新书的，也写得很有风趣。最近读到孙犁的《耕堂读书记》，也是很精彩的书话作品。

书话并不好写，它从一本书讲起，却又并不限于书，往往引申开去，谈到别的，发点感慨和牢骚，很随意，包含面很广，但又不是漫无边际。写书话时有时不免要抄书，其实抄书也不容易，往往读一大部古书，值得抄的就那么几行。为什么抄这段不抄那段，其实是反映了作者的眼光、识见和学养的。至于我写作，受到鲁迅的影响要更大些。他的有关

[1] 黄裳：《榆下说书·后记》，《榆下说书》，第295页。

读书的散文，都一直是我爱读和学习的范本。[1]

书话其实是一种散文。书话的写作关键不在“材料”，而在于“运用”。书话多在古书里找材料，可并不等于信手拈来，皆可入文。有时看了十本书不一定找到一条可用的材料，因为写书话和抄书毕竟是两回事。同时，有了材料，还得有思想、有观点，要把书中的材料和自己的思想与时代结合起来，不写无病呻吟之作，所记事实，所发感慨，应带有时代的声音和痕迹，在古人身上得见今人的影子。[2]

在上面的文字中，黄裳谈到了书话的源头、文体、写作方法等问题，认识全面而深刻。应该说，在任何文学性的创作中，作者的思想、意见、观点总会或隐或现地透露出来。书话作为散文的一支，对作者个人的展示会更直接、鲜明一些。所以选择什么材料，在哪个角度、层次上使用材料，其中就折射出作者眼界、学识的高低来。书话作家不仅是藏书者、爱书者，还要独具识见。正是这种识见使得书话在散文艺苑中脱颖而出，也被一些论者命名为“学者散文”。

在强调书话有思想、有观点的同时，黄裳还特别提出材料、观点应该与时代结合起来：“要把书中的材料和自己的思想与时代结合起来，不写无病呻吟之作，所记事实，所发感慨，应带有时代的声音和痕迹，在古人身上得见今人的影子。”[3] 谈古书不停留在历史的回忆与怅惘中，而是要直指当

[1] 黄裳：《书林漫步——与刘绪源对谈录》，《春夜随笔》，第 83 ～ 84 页。

[2] 何倩：《腹有诗书气自华——访黄裳先生》，《识荆记》，第 55 页。

[3] 何倩：《腹有诗书气自华——访黄裳先生》，《识荆记》，第 55 页。

下现实，这不仅是黄裳学习鲁迅的结果，更是他自己对书话一体的强烈认识。他多次说过："散文与杂文的分界是困难的，特别是面对现实发抒愤懑的时候。"[1] 在给李辉的信中，他也说道："其实我所写只是散文，只是因时地之异，采取不同方法而已。又我不信散文杂文之间有不可逾越之鸿沟，亦是一因。"[2] 这种意识在他 20 世纪 80 年代的一些读书记中体现得尤其明显。这一点使得黄裳的书话创作不拘泥于单纯版本、作家经历等相关知识的介绍，而是直接和作文的当下连接起来，显示了黄裳杂文家的本色。

谈到书话文体时，黄裳还触及的一个问题是"抄书"。从外在的形体特征看，书话表现出的最独特之处在于"抄书"的无处不在。换句话说，"抄书体"成为书话的显著标志。所谓"抄书"就是在文章中抄录所谈论书籍的内容或序跋，在抄录过程中有时候是原书内容的整段抄录，有时候是部分的摘引。早在宋代晁公武的《郡斋读书志》和陈振孙的《直斋书录解题》中就出现了抄书的端倪。到了现代书话作家手中，抄书不仅是惯用的手段，而且得到了极大的发扬，周作人就有"文抄公"之称。可见，抄书并不少见，关键是抄什么，怎么抄。

从大量的阅读中，我们发现序跋被抄录的频率最高。"大量抄录原书的序跋，这个传统一直到明清藏书家的藏书题跋读书记乃至近现代的书话中，形成了我们今天书话的一个特色。"[3] 其原因在于："一是书话文章一般短小精悍，由

---

[1] 黄裳：《周作人的三本散文》，《读书》，1988 年第 2 期。

[2] 黄裳致李辉的信，2002 年 7 月 28 日。《来燕榭书札》，第 178 页。

[3] 王成玉：《书话史随札》，第 14 页。

书话性质所决定，它不能面面俱到，只就某些感兴趣的东西而谈，而序跋常常能提供这些资料，如写作背景、买书读书藏书经过，以及心境等；二是引用序跋文字常常能与书话融为一体，所谓‘运用之妙，存乎一心’，这在周作人等人的书话中尤为突出；三是引用序跋文字，是我们书话的一个传统特色，能突出作者的读书心境和眼光，特别是原作者的风貌，能在短短的文字中领会原作者的才情和学识。”[1] 这段分析是非常中肯的。除了序跋，书话作家还选择自己认为合适的内容进行抄录。当然其中都隐含着作家的意识和目的。

关于“抄书”怎么抄，是体现了作者的自我意识和选择的。正如黄裳所说：“写书话有时不免要抄书，其实抄书也不容易，往往读一大部古书，值得抄的就那么几行。为什么抄这段不抄那段，其实是反映了作者的眼光、识见和学养的。”[2] 他还说过“关于‘学者散文’极容易产生一种误解，那就是只看作者在文章中是不是抄了许多古书。其实‘学者散文’的特征并不在于抄书，重要的是思想指挥着材料。没有深厚的学养，没有深刻独到的见解是不行的。说抄书，也并不是容易的事。天下之书多矣，有没有可抄，抄这些而不抄那些都是经过艰苦思虑的结果。如果能随意抄写，不加别择，作家就将是一种最容易、轻松的职业了。”[3] 所以说，所抄的书不过是材料，是内容，其后要有深刻独到的见解做指挥棒，这样才不会只是材料的堆积。

---

[1] 王成玉：《书话史随札》，第 15 页。

[2] 黄裳：《书林漫步——与刘绪源对谈录》，《春夜随笔》，第 84 页。

[3] 黄裳：《关于散文》，《春夜随笔》，第 171 页。

三、书话创作的内容及模式

对于自己的书话创作，黄裳加诸过不同的名称，如“读书记”“书札”“读书杂记”，等等。笔者觉得从具体的写作体例来讲，大致可以分为三类：

一是现代随笔式的书话。

黄裳多年来对中国传统文学、文化的爱好，对古籍的搜集、阅读，对历史问题的探求，使得他具有了深厚的学养。故谈书时，能够从一点切入，联系与之相关的历史史实和历史人物，相互对照品评；行文时，又摆脱了学术论文通常的严肃和枯燥，而是笔姿摇曳、娓娓谈来，在不温不火中传达出他的意见，把散文的境界发挥到极致。

用这种笔法写作的成文，从内容上讲可以分为两部分。一是谈与书相关的知识。如《书的故事》《谈“善本”》《谈“题跋”》《谈“集部”》《谈禁书》《再谈禁书》《残本·复本》《插图》《谈“全集”》《关于“提要”》《谈影印本》《插图》《清刻之美》《四库全书的老帐》等。二是谈具体的一部书。这些文章的篇幅多较长，其创作模式一般是先从自己的买书经验或者是藏书写起，谈现代人对书的看法，列举古代的典籍，考察当代对书籍的政策和管理等。以漫谈的笔法由一点铺陈开去，左右腾挪，鉴古知今，显示出无限的张力。

这类文章传达出丰富的知识，体现出黄裳丰厚的学养，通过他的介绍和说明，读者不仅可以一睹古代典籍，而且也在作家的评述中感受到历史的沧桑。如《谈题跋》一文中，黄裳谈到祁俊佳写的跋文后评述道：“他们只能‘寄沉痛于悠闲’，说两句‘淡话’。”[1]这可谓是确评。面对家国的沦落、

[1] 黄裳：《谈“题跋”》，《榆下说书》，第25页。

个人的复杂处境，文字往往并不能充当发泄的工具，所以有所谓曲笔、反语。知识分子更不能表现出对现实的观照和评议，那满腔的情绪只能在两句“淡话”中让其随风而去。黄裳简单的两句品评却涵盖了历史上多少的事实，这事实不仅在古代有，我们在现代的知识分子身上，在黄裳自己的经历中不都可以看到、体会出吗？这是一个老人历经磨难之后的感慨，也是一位资深学者才能有的视野。

谈一部书的文章的一个突出特点是，不局限于所谈书本身，而是用古籍中所记载的内容来对照历史和现实。在《黄裳书话》的编选后记中他谈道：“这本读书记中所收有些是或因禁毁，或因避忌而幸存下来的东西，倒往往是并非无病呻吟之作，所记的事实、所发的感慨也都带有时代的声音与遗痕。这就使它们在成堆的朽骨中间散发出耀眼的光芒。”[1]

在这类文章中，常出现的一种写作模式就是抄书。“写读书记免不了要抄书，而抄书实在是艰苦的工作，往往看了十册八册也找不到一句半句值得抄下的字句。写读书记还有一种情形，就是想尽力介绍一些有用的资料，这有些近于‘提要’，是节省读者时间精力的好方法。”[2] 故黄裳抄书的范围极广，不仅限于题跋，只要是和所谈题目有关的材料，他都能引入自己的文章。在《关于祁承㸁——读〈澹生堂文集〉》一文中，黄裳引了祁氏的一封信——《上赵明宇、高莹塘》作为例证，说明清初那可怕的禁书风波对书籍的影响。在这封信中，出现的“夷狄”“虏骑”“老酋”等字样都被涂去了。当后人翻阅此书时，映入眼帘的到处是墨丁，

[1] 黄裳：《榆下杂说 • 后记》，第 292 ～ 293 页。

[2] 黄裳：《黄裳书话 • 选编后记》，第 353 ～ 354 页。

"我们仿佛依然可以摸到祁氏子孙翻阅先人遗著时惴惴的心。"[1]《关于周亮工》[2]中摘引了邓之诚《清诗纪事初编》中关于周亮工的小传，还引了周的学生汪楫对老师的评价，还有曹寅的《楝亭文钞》中对周亮工"好士"的介绍和曹氏两代的交情的文字。这样做，一方面是尽可能全面地展示了历史资料中的周亮工形象，另一方面也为读者的研究提供了可资借鉴和寻觅的资料。

二是传统题跋式书话。

所谓题跋，是附著于书画、书籍、诗文、碑帖等后的说明、议论、抒情、评价性的文字。"明人陈师曾《文体明辨》说：'题跋'者，简编之后语也。凡经传、子史、诗文、图书之类，前有序引，后有后序，可谓尽矣。其后览者，或因人之请求，或因感而有得，则复撰词以缀于末简，而总谓之'题跋'。"[3]

据查，题跋一词最早出现在宋代欧阳修的文集中，他的《集古录跋尾》和《杂题跋》是其代表作。在他的题跋写作中，"首先是形式上变化多了，不但用以跋书，还用以跋画、跋诗、跋书法；文字则长短不拘，各适其宜，有长至八百言，短到仅三十字的。内容则不再偏重议论，而是边叙边议，或者抒写自己的情怀，或者摭拾前辈与同时人物的逸闻，字里行间常常流露浓重的感情色彩。可以说，欧阳修奠定了题跋这一名称和地位，并以他的写作实践为后来者作出

[1] 黄裳：《关于祁承㸁——读〈澹生堂文集〉》，《榆下杂说》，第 3 页。

[2] 黄裳：《关于周亮工》，《榆下杂说》，第 24 ～ 31 页。

[3] 曹之：《中国古籍版本学》，第 429 页。

良好的示范，有力地推动了题跋的发展”。[1] 后来的苏轼和黄庭坚是两大题跋作家。在他们手中，题跋的形式更加灵活，成为一种轻松活泼、短小隽永的散文。这种创作一直延续下来，在“毛晋刻《津逮秘书》中收有苏轼《东坡题跋》、黄庭坚《山谷题跋》、秦观《淮海题跋》、陆游《放翁题跋》、欧阳修《六一题跋》、曾巩《元丰题跋》、朱熹《晦庵题跋》等数十家，可见宋人题跋之盛。宋代以后，不少读书人都有题跋的习惯，一书读完之后，乘兴握管，或叙述著者身世，或详察学术源流，或考订版本原委，足资参考。有些善本书，跋语往往连篇累牍，叫人目不暇接。例如清王士禛抄本宋琬《宋荔裳入蜀诗》累计有王士禛、莫友芝、叶裕仁、戴望、张文虎等 18 跋”。[2]

黄裳认为：“题跋小文，是从宋人才开始注意并大量写作的。影响最大的应数苏轼和黄庭坚。他们所写也还不是书籍的跋文，过去一向被视为散文小品，这是与他们集中的大篇正宗文字对比而言的。此外，欧阳修、叶石林等也都写题跋，陆放翁更是此中名手。他们的流风余韵可以说一直延续到晚近也还不曾消歇。南北宋之交的著名女词人李清照所写的《金石录后序》更是突出的作品。”[3]

从具体创作情况看，“传统藏书题跋的风格也是多种多样的。粗略地分大抵不外两类。其一是讲究书的内容、版本、校勘这方面的事的，科学性强，缺点是不免枯燥，可做资料用，但不能是通常读物。如陈仲鱼的《经籍跋文》、何

[1] 黄国声选注：《古代题跋选》，第 3 页。

[2] 曹之：《中国古籍版本学》，第 429 ～ 430 页。

[3] 黄裳：《黄裳书话》，第 30 页。

焯的《义门读书记》就是。此外就还有另一类，在上面所说的种种内容之外，又添上了书林掌故、得书过程、读书所感……不只有科学性，还增加了文艺性，是散文的一部类了。写这类书跋的前有黄荛圃，后有傅增湘，他们似乎都是爱书如性命的，说起旧本来，也都眉飞色舞，娓娓不倦。但期间也有高下，差别只在情感的真挚与虚矫，如夸张过实，或别有用心，就不免露出广告的气味，不足观了”。[1] 黄裳非常倾心的是黄丕烈的题跋。在创作中，他常以黄荛圃自期。如在《梦雨斋读书记》的序中他就写道：“以视荛圃之题跋，不知何如。”[2] 在《翠墨集·后记》中又说：“多年来的习惯，一书入手，总是要在书前卷尾写一点题跋之类的话……这是受了《荛圃藏书题识》一类书影响的结果。”[3]

黄丕烈从 28 岁起开始写跋，数十年间持之以恒，在当时就非常有名。他死后，其题跋随藏书一起散出，“大宗为汪士钟艺芸书舍、杨以增海源阁所得，散于社会的只卷片跋，成为藏书家竞相争夺、奇价购买的对象。后人评价：‘荛翁题跋于书目别开一派，既非直斋之解题，亦非敏求之骨董。文笔稍多芜累，而溺古佞宋之趣时流溢于行间’（《士礼居藏书题跋记》），‘跋一书而其书之形状如在目前，非《敏求记》空发议论可比’（缪荃孙《荛圃藏书题识》序）”。[4]

受其影响，在 1991 年 5 月 10 日写的《榆下杂说》“后记”中，黄裳解释道：“把几年来写下的读书记收集起来，

[1] 黄裳：《黄裳书话·编选后记》，第 351 页。

[2] 黄裳：《梦雨斋读书记》，第 1 页。

[3] 黄裳：《翠墨集·后记》，第 263 页。

[4] 徐雁，王燕均：《中国历史藏书论著读本》，第 19 页。

编成一册小书，取名《榆下杂说》。这是因为过去曾印过一本《榆下说书》，也是同类性质的杂文。所不同的，这里所收，更多偏重旧书的题跋而已。”[1]《前尘梦影新录》的缘起为：“二十多年前，我的藏书被抄没了。免不了时时想起，闲时就从记忆中抄下些亡书的依稀印象，写成一册《前尘梦影新录》。因为无书可据，回忆也只能是简短的，但更多涉及了得书经过、书林琐事，颇近于传统的题跋。”[2]

关于这类题跋的写法，黄裳也多次表述过自己的意见：

我一直梦想能读到一种详尽而有好见解的读书记，除了介绍作者的身世、撰作的时代背景、书籍本身的得失、优点和缺点之外，还能记下版刻源流、流传端绪，旁及纸墨雕工，能使读者恍如面对原书，引起一种意想不到的书趣。[3]

在实践创作上，这类题跋被结集为《来燕榭读书记》和《梦雨斋读书记》两种，其基本的写作路向比较接近。往往是先谈书籍的来源、流传端绪、时代背景、作家身世、自己的观感等，之后详细录下版本、版式等说明，其中还涉及很多书事。仅举《录鬼簿》一则来看：

庚子春三月，归自奉贤。偶过博物馆观画，见吴梅村《南湖春雨图》，绝得意。后更过古书店，见此书新刊，遂得之归。夜饮归寓，煮茗阅此，见西谛、斐云二跋，不仅感慨

[1] 黄裳：《榆下杂说·后记》，第 291 页。

[2] 黄裳：《黄裳书话·选编后记》，第 351 页。

[3] 黄裳：《榆下杂说·后记》，第 292 页。

系之。印行此书，固可为西谛之最好纪念，非徒夸古籍孤本已也。此本抚印亦佳，虽非珂罗版印，亦非俗滥，殆近时佳制矣。余收天一阁书之有蜗寄庐抱经楼印记者亦颇多，然皆不如此本之秘。其足相颉颃者，或《远山堂曲品》稿乎。他日印行，当更识之。三月十一日夜。

天一阁蓝格写本正续《录鬼簿》，一九六〇年二月中华书局上海编辑所据原本影印。[1]

此则所谈书籍为1960年出的影印本。在文章中，黄裳记述了自己买书的经过，对书籍纸墨刻印的品评，对此书出版意义的认识。读此则可以联想起当年郑振铎为《录鬼簿》写的题跋："为余辈所最惊心动魄相视莫逆于心者，乃是明蓝格抄本《录鬼簿》一书。……予见此明蓝格抄本《录鬼簿》，不能不动心，索六十万金，乃举债如其数得之。……予乃述我辈访书经过，以示斐云。呜呼！当时少年气盛，豪迈不可一世，今友朋之乐尽矣。谁复具好书之痴如我辈者，而斐云与予亦垂垂老矣。"[2]两段题跋对读，更可想见黄裳睹物思人的慨叹。

三是记忆中的书人、书事。

在书话中记录下卖书的书友，"这也应该是书话题中应有之义"。[3]而"素材就保留在藏书家的许多题跋中间"。[4]我

[1] 黄裳：《录鬼簿》，《梦雨斋读书记》，第100页。

[2] 郑振铎：《录鬼簿》，《郑振铎书话》，第227～228页。

[3] 黄裳：《黄裳书话·选编后记》，第353页。

[4] 黄裳：《黄裳书话·选编后记》，第353页。

们在黄裳的书话中见到很多这方面的文字，他为读者塑造了很多生动的卖书人形象。

如《上海的旧书铺》一文中，记下了修文堂的孙实君、修绠堂的孙助廉兄弟二人。“实君温文尔雅，一袭长袍，满口京西风味的北京话，是地道北京书店掌柜风度。”[1] 这位卖书人善谈“眼光好，也有魄力，跟藏书家很熟，常能找到好书，不过要的价也真贵。”[2] 他“选书之精，可当稳准狠三字”。[3] 对于古旧书籍的把握能力之强连黄裳也是佩服不已。而且在孙实君的身上，非常鲜明地体现出商人的本质，他既懂得图书的质，同时又能估定图书的价，对于被贱卖的图书总是耿耿于怀。这分明是一个传统的商人的形象。与他相对的是他的弟弟。其弟“极喜交际”，而“收书的本领不下于乃兄”。[4] 在他的劝说下，九峰旧庐藏书的部分精本摆在了“温知楼（孙助廉的店名——笔者注）上的长案”上[5]。

此类以书人为中心的书话，还有《老板》《记徐绍樵》等篇。在文章中，黄裳纯用白描的手法，记录下与这些书人、书商的交往，但是平淡中蕴含着真情。

除了写书人，黄裳还有不少写访书的文章。这些文章传达出的知识含量多并且表现出作家的通脱。如《西泠访书记》中黄裳讲述了他到坐落于西湖的浙江图书馆访柳如是的《戊寅草》，经过多番波折，“过了二十多年，几经努力，

[1] 黄裳：《上海的旧书铺》，《书之归去来》，第 169 页。

[2] 黄裳：《上海的旧书铺》，《书之归去来》，第 169 页。

[3] 黄裳：《上海的旧书铺》，《书之归去来》，第 170 页。

[4] 黄裳：《上海的旧书铺》，《书之归去来》，第 170 页。

[5] 黄裳：《上海的旧书铺》，《书之归去来》，第 171 页。

终于还是看不成一本小册子的始末”。对于一个学问家、爱书家来讲，其不能见书的失落及遭受挫折的愤怒，可想而知其内心活动是多么的激烈。可是作者并没有表现出自己的内心，不是向郑西谛那样常不禁地写出心情，而是笔锋自然一转：“走出图书馆，坐在湖滨的石凳上，面对春光明艳的西子湖，不禁想起了许多事情。”[1] 接着作家回顾了“四人帮”时期对待善本的问题，并对目前保存善本提出了个人的意见。这样的叙述手法，真是得了周作人的真传。文字无比的通脱后面浮现出的是作家严肃的思考。

《访书》更像是篇回忆性的散文，黄裳记下了当年在苏州与西谛、叶圣陶一起访书的故事。文章中不仅勾画出西谛豪爽的举止和神情，而且满蕴着朋友之间的深情。回忆和现实穿插，增添的是岁月流逝、好景不再、物非人非、世事苍茫的感慨：过去相从的老友“墓前白杨堪作柱”，过去满街满眼的旧书、好书也渐渐乌有。作者的沉痛心情是可以想见的。此文唯在结尾添了一丝亮色，歌颂新的时代、社会。笔者觉得就整篇文章的情绪和气势来讲虽有不尽协调之嫌，但是偏偏这种写才是当时作家真实情感之所在。

回忆同样一件事情的还有《苏州的书市》一文，这篇文章更详细地讲述了那天晚上都看到了什么书，同样直接评述郑振铎“就是这样一个爱书如命、豪情满襟的人”。[2] 过去的苏州是一个“无时无地都能得到中意的旧书的”地方 [3]，如今三十年过去了，人民路上已是一番崭新的景象，但是让作

[1] 黄裳：《西泠读书记》，《榆下说书》，第 13 页。

[2] 黄裳：《苏州的书市》，《黄裳书话》，第 339 页。

[3] 黄裳：《苏州的书市》，《黄裳书话》，第 338 页。

者魂牵梦绕的旧书店只剩下了一家，旧书也多逝去了。由之他想到了在过去护龙街（即今天的人民路）上的曲园。作者的心情是如此的矛盾，一方面他在哀叹“曲园可以重修，可是当年的书店街的盛况就不容易恢复了”，一方面又说“时代大踏步前进了，许多旧事物，包括文化环境，免不了淘汰、鼎新，正不必发许滇生那样‘达人’的感慨”。但是“历史旧的一页翻过去了，可历史总是历史，是不应该淡忘的”。[1] 从这篇文章看出，黄裳行文之笔表面看来是很散的，但是在“散”的背后往往是作家对历史深入的思考和对现实问题深刻的揭示。

四、书话写作的风格

黄裳从 20 世纪 80 年代开始集中创作书话。《榆下说书》出版时在读书界引发了热潮。对于他的书话写作，有论者评述他的“说书散文具有浓郁的历史感和书卷气，这类文章，或说一个主题，或记一段轶事，或以某一历史人物为中心，说书评史，都写得酣畅淋漓，舒卷自如，显现出作者丰富的知识、学养”。[2] 书话历史感的由来与他所谈书籍多与古籍有关。黄裳耽于古籍，但是并不沉溺于对古籍的赏玩之中，更确切地说，他是通过古籍来关照现实。如他自述：“新时代开始以来，被抄去的书册少少归来，摩挲旧物，往往别有兴会，像看待旧戏似的谈旧书，多有感触，于是就写些读书记，采用的仍是写‘新谈’的方法，谈往事却不脱离现实，努力不作新时代的遗少。”[3]

---

[1] 黄裳：《苏州的书市》，《黄裳书话》，第 342 页。

[2] 陈惠芬：《〈黄裳散文选集〉序言》，《爱黄裳》，第 284 页。

[3] 黄裳：《拾落红集·后记》，第 266 页。

谈往事而瞩目于现实，使得黄裳的书话表现出一种奇妙的融合，即隽永与凌厉杂糅的风格特征。隽永体现在他谈古书时，由一点生发开去，勾连起与之相关的各类文字、事实，纵横捭阖，传达出意味无穷的效果。如他的《谈禁书》一文。由“雪夜闭门读禁书”说起，溯本穷源，从秦始皇到苏轼的“乌台诗案”再到乾隆皇帝。乾隆皇帝虽修成若干册“禁毁书目”，但是“书是禁不绝的，因为有无数正直、公平的读者的保护”。[1] 接着黄裳就开始从历史上寻找禁而不绝的图书：韦庄的《秦妇吟》，山阴祁氏澹生堂的藏书《城守筹略》《今乐府》，清代汪景祺的《西征随笔》，20 世纪 30 年代的马列主义，等等。种种鲜为人知的禁书书目、种种淹没在历史长河中的史实被黄裳信手拈来，不温不火地一一展示在读者面前。读者在频频点头之际能够清楚地体会到禁书不绝，感受到作家于其中传达的意味。隽永的笔调带来了余味无穷的阅读效果，视线中依稀出现的黄裳似是一位老名士在历数家常，有白头宫女话当年的感觉。

但是在轻声细语、娓娓而谈的同时，我们又常能遇到如火一样激烈的文字。在《不死英雄——关于张缙彦》一文中，黄裳在文章开篇初就自杀和气节的问题直接鲜明地表明了自己的观点：

> 明清易代之际是个“天翻地覆”的大时代，没有谁可以逃脱时代的考验。因为种种特殊的原因，知识分子遇到的考验是特别残酷的，封建道德的威力在他们身上显示得特别严

[1] 黄裳：《谈禁书》，《书之归去来》，第 26 页。

厉而强大，个人与“天地君亲师”之间的关系都要求处理得符合标准。这很有点像作茧自缚或作法自毙。读书人平常爱说大话，要求别人极为严格，在发表意见和作文章时提出了许多“高标准”，现在轮到自己接受测验了，于是就有很多人出了丑。[1]

譬如气节问题，就不妨试用宏观和局部两种观察方法具体分析处理，而分别得出恰当的结论。向敌国、敌人投降是“民族气节”的问题；向“四人帮”卖身投靠、写效忠信，虽然不关“民族气节”，但到底也是一种气节问题。我们什么时候都不能在这个问题上让步，搞灵活性。推而广之或等而下之，今天说东，明天说西，见风使舵，绝无情操，在这样人身上也有个气节问题。与汉奸、叛徒相比，程度固然有大学与小学之分，走的却是同一条路子，危害也不小。[2]

以上两段文字直指知识分子在面对社会出现大变动时的选择，指出持守气节的重要性。文字激越、气势逼人，充满了杂文具有的凌厉之气。对此，黄裳曾谈道：“鲁迅先生的有些文字，如‘病后杂谈’‘题未定草’，真是嬉笑怒骂，各极其致，如此写来才顺手。因而悟到，散文与杂文之间，其实并无一条分明的鸿沟。我一直坚持着这看法，直到写《榆下说书》那样的读书记时，也还使用着同样的手法。从此，我笔下的文字是散文还是杂文就很不容易分别了。”[3] 在细读了黄裳的书话类作品后，笔者感到黄裳骨子里是杂家，而在

[1] 黄裳：《不死英雄——关于张缙彦》，《榆下杂说》，第 12 页。
[2] 黄裳：《不死英雄——关于张缙彦》，《榆下杂说》，第 13 页。
[3] 黄裳：《寻找自我》，《海上乱弹》，第 4 页。

表面上又是一个闲家。这是黄裳自己的风格。

书话文学性的表现之一是情感。与抒情性的散文不同，书话的主要表现手法是叙事，因此作家所抒发的感情常常是通过相关书籍的掌故和书籍知识传达出来的。黄裳的书话之所以耐读，其重要原因之一就是其中弥漫着浓厚的书卷气和学者气，在书卷气和学者气之间他所传递的情感通过一本本书渗透出来。可以说，在黄裳的书话中，没有感情的直接宣泄，而资料本身和对资料的组合运用为情感的抒发承载起极大的空间。在黄裳讲述的一个个与书相关的故事中，在他掌握了充分资料之后展示的历史真实中，读者的情绪会不由自主地随着黄裳情感的起伏而起伏，尽情体会到散文的魅力。所以有论者认为黄裳的文章“深情而不抒情，从文章本身来说，就构成一种内部的张力。这种张力是很能够打动人的”。[1]

---

[1] 张新颖:《黄裳文章》,《爱黄裳》, 第99页。

第三章　黄裳杂文——多彩的战斗

鲁迅在《且介亭杂文》的序言里说，在中国，杂文是古已有之的。瞿秋白在《〈鲁迅杂感选集〉序言》里认为杂文是“文艺性的论文”。冯雪峰在《谈谈杂文》一文中说：“杂文绝不是某种文体或笔法所能范围和固定的。拿中国的文学史来说，例如在古代，先秦诸子的文字就都是最好的、最本色和最本质的杂文。这是中国文学史上散文的正统。在中国文学史上称作‘古文’，也有称作‘平文’的，就是指的现在所说的散文，是和堆砌的骈文相对称而说的；而其中居有主要地位的是议论文和带有议论文性质的叙述文。这所以能够在中国散文上居了主要地位，就因为它能够‘言之有物’或者比较的‘言之有物’。就是说，它有思想或者比较的有思想。这种散文，一般是以议论为主体的，同时具有很高的或者比较高的艺术性。”[1] 以上的说法都强调了杂文一体的议论性及其表达方式的多样化。

在中国现代文学的散文创作中，就把最先发表在《新青年》“随感录”上的议论时政的杂感短论统称为杂文。在

[1] 冯雪峰：《谈谈杂文》，《文汇报》，1950 年 6 月 30 日。

《20世纪中国杂文史》一书中提到："中国现代杂文的突出特点是：它以明确的科学和民主为指导思想，以广泛的社会批评和文明批评为广阔深邃的内容，以'挣扎和战斗'为主要传统，以社会启蒙宣传为手段，以推进中国社会和中国国民灵魂的进步改造为目的，包含着否定和肯定、破坏和建设、现实和理想的辩证统一，在艺术上斑斓多彩，摇曳多姿，更加成熟。"[1]

在黄裳的散文写作中，杂文是重要的组成部分。从所谈内容看，他的杂文可分为两类：论剧杂文和论事杂文。

一、论剧杂文——《旧戏新谈》

1947年，黄裳在《文汇报》副刊"浮世绘"当编辑。当时副刊的编者"想在副刊上经常有这么一点谈京戏的文章，约人撰写，可是没有适当的人，后来就跟我商量"，于是，黄裳就开始了在报刊上连载谈京剧文章的系列创作，后结集为《旧戏新谈》。这是黄裳写杂文的开始，并且此书的写作使其萌发了对戏剧的兴趣，后来结集出版了厚厚的一册《黄裳论剧杂文》。

在谈到其基本写法时，黄裳回忆道："娱乐版要有剧评，我就找到一个题目：《旧戏新谈》。这个题目的好处是题材不虞匮乏，可以古今中外地放笔写去，一开始还守着'剧评家'的规范，后来逐渐不行了，常常从舞台上古装人的言行联想到现实世界的种种，这真是不以人的意志为转移，剧评于是杂文化了。"[2] 对黄裳来说，谈剧写作并不是负担，他"每天只要打开日报一看，题目就有了，而且总是写不完。

[1] 姚春树，袁勇麟：《20世纪中国杂文史》，第20页。

[2] 黄裳：《杂文的路》，赵元惠编《杂文创作百家谈》。

祖国的戏曲遗产是如此丰富，要找出什么戏来做‘截搭题’，也是一点困难都没有的”[1]。

《旧戏新谈》是取得了很大成功的。1948 年 8 月 25 日，叶圣陶在日记中写道：“下午，观新出版黄裳之《旧戏新谈》。我店系购其现成纸版，颇有错字。兼为校对。此书于旧戏甚为内行，而议论编剧与剧中人物，时有妙绪，余深赏之。”[2] 唐弢在《旧戏新谈·跋》中赞赏道：“常举史事，不离现实，笔锋带着感情，虽然落墨不多，而鞭策其重，看文章也就等于看戏，等于看世态，看人情，看我们眼前所处的世界，有心人当此，百感交集，我觉得作者实在是一个文体家，《旧戏新谈》更是卓绝的散文。”[3] 这都是对这部杂文集的高度肯定。尤其是唐弢盛赞黄裳为“文体家”。在现代文学史上，被评论家给予“文体家”美誉的有沈从文、唐弢。未到而立之年的黄裳就赢得如此评价，可谓难得。

年轻的黄裳可以谈旧戏，首要的一个能力是他熟悉京剧、懂得京剧。他从小在京剧的氛围中长大，是剧场的票友，“儿童时代开始走进剧场，常常是睁大了眼睛站在舞台边上欣赏。从不懂到懂，从惊奇到赞叹，从看武戏到听唱工，经历了许多变化，但最初的印象总是不易忘记的”。[4]1948 年 4 月 23 日，他还深情地回忆起少年时代看戏的经历：“十多年前，天津的劝业场的四层楼上，有一个场子。……演出昆曲，卖票极廉，生意极好。鄙人当时也曾冒

[1] 黄裳：《旧戏新谈·雨天杂写》，《黄裳文集·剧论卷》，第 179 页。

[2] 叶圣陶：《在上海的三年》，《新文献史料》，1988 年第 3 期。

[3] 唐弢：《旧戏新谈·跋》，《黄裳文集·剧论卷》，第 174 页。

[4] 黄裳：《彩色的花雨·序》。

充风雅，时往捧场。……我所欣赏者则是几位老伶工，如陶显庭、侯益隆、郝振基等。……当时在读书，住在校内，校规极严，夜九时即锁门，迟回者不得入。然而我还是有几次去听夜戏，归来后越墙而入，如被发觉是要被开除的。”[1]在报社工作后，黄裳一直与京剧界保持着密切的联系，如1950年春，《文汇报》新增《梅兰芳的舞台生活回忆》的连载，由黄裳具体负责约稿。在他不断的督促下，“说定由梅先生口述，姬传笔记的初稿先寄给源来，由他补充整理、核定事实，写成定稿后交给我，再交报社发排”。这就是梅兰芳《舞台生活四十年》的来历。他还为了给纪录片《盖叫天的舞台艺术》写脚本，和盖叫天在杭州同住了两三个月。与京剧艺术家的密切接触，熟知剧坛的掌故。这些都成为他可以谈旧戏的先决条件。

其次，黄裳能谈旧剧，因为他对旧剧的真知灼见，表现在他对京剧的艺术程式、审美意蕴有着深刻的理解。

中国传统的戏曲艺术是歌舞并重的综合舞台艺术，它以唱、做、念、打为主，辅之以“圆场”为代表的舞台调度手法和独特的服装、道具、切末、脸谱、锣鼓、丝竹伴奏等艺术手段，经过近千年戏曲艺人的辛勤创造、积累，从广泛的生活、艺术领域中汲取营养，形成了一种具有非凡表现现实生活能力的惊人的艺术力量，至今仍为广大群众所喜爱。

演出所使用的手段，比姊妹艺术丰富。面部的表情、衣衫转折、抛掷、繁复身段的运用、歌声的变幻、念白的抑

[1] 黄裳：《嫁妹》，《黄裳自述》，第63页。

扬……无不一一被用来作为揭露人物内心的武器。大胆的省略与精微的刻画在构思细密的节奏中，成为一种高度和谐的统一体，观众得到的是同时呈现的“视听之娱”，一切都在同一时间、地点完成。

艺术家的表演，有时夸张便夸张到极处，细致也细致到极处，……使观众不能不惊异。中国戏曲表演艺术家所获得的是远远超过一切姊妹艺术的可羡慕的“自由”。但这“自由”又是受着自己的制约的，一步不能脱离生活，也不能离开本身的“程式”。

程式是死的又是活的，程式是艺术家创造、积累起来的，也是在扬弃提炼的过程中固定下来的，发展不会停止，程式的变化、丰富的过程也永远不会停止。[1]

这段话说得多好，完全是专家级的对中国传统戏曲特色、特质的总结和概述。研究界认为，世界戏剧三大表演体系分别为以苏联戏剧家斯坦尼斯拉夫斯基、德国戏剧家布莱希特、中国梅兰芳为代表的三种表演体系。从艺术对生活的传达理路看，斯坦尼斯拉夫斯基的表演体系是再现的，梅兰芳为代表的中国戏曲的表演体式是表现的，而布莱希特的表演体系在一定程度上是受到梅兰芳影响。早在 1925 年，布莱希特就曾观看过由当时柏林大导演马克斯·赖恩哈特（Max Reinhardt）执导、Klabund 编剧的取材于我国元代李行道同名戏的《灰阑记》。1935 年 3 月 12 日梅兰芳剧团抵达莫斯科，受到苏联官方和各界群众的热烈欢迎。布莱希特

[1] 黄裳：《彩色的花雨·序》。

也恰在此时到了莫斯科。他说："在苏联作家协会进了午餐。我已经看到数场戏剧和电影。相当混乱。梅兰芳，伟大的中国演员也在这儿。"4 月 13 日布莱希特观看了梅兰芳、王少亭合演的《打渔杀家》，这出戏给他留下了深刻的印象。4 月 14 日，他再次观看了梅兰芳台下"身着黑色礼服"的表演动作示范，并参加了由苏联对外文化协会召集的梅兰芳戏剧讨论会。这段经历影响了布莱希特的创作，同时也使得以梅兰芳为代表的中国戏曲表演模式传遍欧洲。因此可以说黄裳对京剧表演艺术的赞赏绝不是他个人的偏爱，而是他有着辽阔开放的世界戏剧艺术眼光的确证。

在这样的基础上，黄裳谈旧戏，就谈出了不一样的新。正统的旧剧评家"代表人物当推齐如山与徐凌霄，他们熟于梨园掌故，广交平剧（即京剧）名伶，自己也懂戏，所以凡有写作，大约是有点道理的。但他们从不谈旧剧的意义，也从不提倡改革，相反地，倒是非要保守不可，如谭供奉在某剧中挂'黑三'，马连良改挂'黑满'，那就得骂一个狗血喷头之类"。黄裳谈剧与旧剧评论家绝然不同。吴晗在《旧戏新谈》的序中说："谈皮簧谈昆曲极当行……文中还谈及服装的美、脸谱的美、表情的美，作者绝不是一个庸俗的谈戏行家，而是对旧形式的艺术有着高度的欣赏和批评能力。"[1]

这"新"首先表现在黄裳有自己的判断力，他不会人云亦云，他的评价是客观、全面的。如他对于戏剧艺术家的表演的看法是："小翠花的嗓音沙哑，似乎不宜于唱花旦戏；然而口齿清脆，有咬嚼，能使字字送入耳中。交代之明白，

---

[1] 吴晗：《旧戏新谈·吴序》，《黄裳文集·剧论卷》，第 7 页。

在‘说京白’的角儿中，可称第一位。四大名旦，梅兰芳的京白是好的，典雅，如大家闺媛；程砚秋不行；荀慧生清而柔，小家碧玉，最能传神；然而描写荡妇，写‘最毒妇人心’的女人，则只有小翠花。”[1] 黄裳论剧公正，不唯上不畏上，能够直接说出自己的见解，而且评价准确。

其次，“新”表现在黄裳对旧剧的社会意义的重视上。唐弢指出：“一提到新谈，在这门上，作者的成就可就绝了！常举史事，不离现实，笔锋带着感情，虽然落墨不多，而鞭策奇重，看文章也就等于看戏，等于看事态，看人情，看我们眼前所处的世界。”[2] 黄裳自己也承认：“我每天谈老古董，然而引起我谈老古董的兴趣的却正是 1947 年眼前的新事，如此新鲜，如此活现，难道说这不是一件值得深思的事吗？”[3] 因此，黄裳将旧剧和当时的社会现实联系，从旧剧中勾勒出了许多社会相，对奴性的表现、奴才意识、封建的男女意识等进行了连类批判。

《捧肖长华》一文，作者指出丑角的“奴隶的语言”，使人想起古时的优孟、清末的刘赶三，接下去笔锋一转：“今天得读新闻，傅斯年先生在参政会中大声疾呼，要清查孔祥熙、宋子文的财产，声色俱厉，掌声如雷，终于却也不免为豪门所暗笑，如单就其滑稽冷隽而记，盖尤不及肖老远甚。”《关于刘瑾》一文，以京剧《法门寺》为引子，引证了许多史料，考察明朝太监刘瑾的生平，最后写道：“（刘瑾）这样一个混蛋，掌了权，老百姓给他冤杀了不知多少。而其

[1] 黄裳：《旧戏新谈 • 念小翠花》，《黄裳文集 • 剧论卷》，第 143 页。
[2] 唐弢：《旧戏新谈 • 跋》，《黄裳文集 • 剧论卷》。
[3] 黄裳：《旧戏新谈 • 雨天杂写》，《黄裳文集 • 剧论卷》。

暴政的结果，则受害者更复不可统计，后来也糊里糊涂地给剐了。历史上不曾有好的传记，只余一折京剧，时时搬演，使大家常常记得有此一种人物。老先生们常叹息说：'刘瑾一生只做了这一桩好事！'而这'好事'又做得如此之'浑'！这正可以看出被压抑得气都喘不过来的老百姓，当暴君偶露一丝微笑时便如此易于满足。而帮闲之流如傅斯年偶然发出两声神怪性的咆哮，便赢得如许彩声，连连转载。呜呼！什么时候，我们人民才用不到欣赏这样的东西而聊以'快意'呢？"强烈的现实观照自是跃然纸上。

《夜奔》一文，谈的是林冲夜奔之戏，黄裳谈表演，论剧情，使读者陶醉于戏剧天地，到了文章末尾却笔锋一转："胡适博士战前著过一篇自传性的文章，'逼上梁山'，自夸其改革国语等等业绩。最近又作过河小卒之诗，隐隐之中也寓有被'逼'意。然而我看这与林教头的处境倒是大大的两样的，一个是真的被逼，一个则是荡妇失节前的呻吟也。"[1] 由戏及人，戏里戏外，艺术现实在黄裳的笔下完全被打通。

再次，"新"表现在行文的笔法上，"杂文"笔法在新谈、杂谈中得到了突出的显示。黄裳认为，旧剧与杂文有着某种天然的联系，"鲁迅从故乡农民的社戏里发现了'炼话'，这就是经过提炼化为出色的文艺语言的群众口头政论。鲁迅继承的这一传统，融进自己的世界观，找到了天才的表达途径，创造了战斗的杂文样式"。[2] 这就说明，旧戏中有着某种类似于杂文的思维方式。因为"创造、丰富、发展了旧

[1] 黄裳：《旧戏新谈·夜奔》，《黄裳文集·剧论卷》，第132页。

[2] 黄裳：《杂文的历史长河》，《羊城晚报》，1983年7月4日。

戏的却是受迫害、受侮辱的一群”，他们在“压迫的缝隙里，时时显露一些普通人的美好愿望，描绘一下他们理想的生活”；有时也用“奴隶的语言”，“如实地记下了某些社会畸形事态，并不附加任何评论”，而这就是“最高明的讽刺”。如《论马谡》中写道：“在四川，当时有‘马氏无常’之号。虽然他不是那最‘良’的‘白眉’，但也是所谓社会贤达。所以为刘皇叔所征用。他一向是熟读兵书战策的，正是所谓‘儒将’，这在他进帐讨令时的道白中可以看出：‘想俺马谡，随先帝爷出征多年，战无不胜，攻无不取’。可见他本是所谓幕府之中的人才，放在身边，出出主意，必要时要他背上一套‘战术’，倒也有些小小的用处。然而诸葛亮却一定要使他领兵，独当一面，那就糟了。这使我想起另一件事。中国士大夫，一向喜欢谈天下事。顾炎武是一代大儒，当然值得佩服。但他所著的书中却大谈其‘天下郡国利病’，好像上知天文，下知地理，无不通晓。直至现在，我们还没有看到无所不知的‘全材’，这种万能博士的议论，我们自然不能不加以怀疑。”[1]

徐铸成在《旧戏新谈·序》中说：“黄裳兄（对旧剧）其实也是一个外行。但正因为他是一个外行，才能超脱一切，用活的眼光来看这个死的东西，从这个角度里，看到了人生，看出了现实。这是一个很新奇的尝试。”当然黄裳并不是外行。他立足于旧戏又不囿于旧戏，笔锋不离现实。舞台、社会、人生都成为作者的审视对象，他把社会批评、文化批评和戏剧美学批评完美地融合在一起，使其文体深沉而

[1] 黄裳：《论马谡》，《黄裳文集·剧论卷》，第152页。

厚重。

二、论事杂文——从《杂文复兴》谈起

1949 年 10 月中华人民共和国宣告成立，人民当家成为主人，全国上下万象更新，人民满心欢喜，社会洋溢着欢乐激动的情绪。面对这样的形势，胡乔木曾发文指出："从空想社会主义以来就没有解决过这个问题，都认为社会主义社会是个最理想的社会，应该一切都是和谐的，都是合乎理想的，……都以为建立了社会主义社会，就什么问题都没有了，一帆风顺地前进。"[1] 因此，新社会、新时代需不需要杂文，杂文是否已过时，就成为文化界关注的一个问题。对此，巴人在《"肯定"与"否定"》一文中表达了自己的见解，他认为新中国成立后杂文所面对的现实与新中国成立前有着根本的不同，杂文家也不再"处在屠夫与恶魔共同统治的旧时代"。在社会主义大厦的蓝图前，杂文家如以杂文笔法"指手画脚，专门指责辛勤劳动者的缺点，以求快意"[2]，那是错误的。因此在新中国成立之初，歌颂性的杂文盛极一时，但这和杂文一体的特质并不相符。现代杂文起于《新青年》的"随感录"栏目，在鲁迅的手中成熟。杂文"短小精悍，易于出手，多在报刊上应时刊发，适合作社会批评的武器"[3]，其"对于中国的社会、文明，都毫无忌惮地加以批评"[4]，故批评、讽刺是杂文的特质。歌颂并非杂文长处。那么，杂文在新时代该消亡吗？在杂文界出现

[1] 胡乔木：《对〈历史决议〉学习中所提问题的回答》,《胡乔木文集》第 2 卷。

[2] 巴人：《"肯定"与"否定"》,《学习》, 1957 年第 4 期。

[3] 钱理群，温儒敏，吴福辉：《中国现代文学三十年》(修订本), 第 129 页。

[4] 鲁迅：《华盖集·题记》,《鲁迅全集》第 3 卷，第 4 页。

一片沉默的境况下，黄裳以一个记者的敏感首先发难。

1950年4月4日，黄裳在《文汇报》上发表《杂文复兴》一文，主张“复兴杂文”。他指出杂文“这一种文体的运用，在过去国民党反动派统治之下是曾经有过极辉煌的成果的，也尽了它的战斗的最大的任务。解放以后，大家都在怀疑：是不是杂文的时代已经过去了？问题似乎并未得到结论，然而事实则是杂文的沉默”，他认为“为了争取革命的胜利、巩固胜利的成果，批评和自我批评都是重要而有效的武器”，为此，文艺工作者要继续使用“他们过去曾经运用过很久、向鲁迅先生学习得来的那种武器——杂文”，继承五四以来的现代杂文。这种杂文，在新时代“应该是一种含有浓烈的热情的讥讽，目的是想纠正过失、改善工作的现状，这与对敌人的无情的打击是有着根本上的差异的”。黄裳指出“跟着时代的发展，它的形式自然得变”，要写得让人民大众更容易看懂；同时又必须防止“冲淡了斗争的情绪”的“流弊”，必须“站稳了立场，抓住了论点的积极性和建设性，不要流于‘淡话’”[1]。

这篇文章一出，立刻引发了关于杂文问题的讨论。当时以上海的《文汇报》《新民报·晚刊》和《解放日报》为中心，多位新老作家参与其中，代表性的文章有金戈的《杂文的道路》、辛禾的《杂文小论》、喻晓的《关于“杂文复兴”》、夏衍的《谈杂文》、袁鹰的《对“杂文复兴”的一些意见》等。讨论持续了两个月后，冯雪峰在上海电台上连日播讲带有总结性的长篇论文《谈谈杂文》。文章开门见山地

[1] 黄裳：《杂文复兴》，《文汇报》，1950年4月4日。

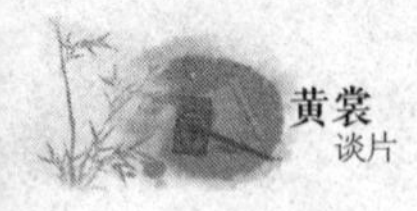

指出:“现在有不少的人,提出这样一个问题:我们今天还需要不需要杂文呢?我觉得,我们能够肯定地回答:我们今天是需要杂文的,而且非常需要杂文。不过,问题却又在:我们需要的是怎样的杂文呢?就是说,怎样的杂文才是今天人民所需要的,才能成为为人民服务的一种必要的、很好的工具?”冯雪峰认为存在这样的问题,是因为当时杂文“不很发达”,杂文的观念“有些混乱”,毛泽东《在延安文艺座谈会上的讲话》中关于杂文的指示“没有被普遍地、深刻地引起注意”。同时也是有些人出于“一种偏见和一种狭隘的心情”,“只把鲁迅的杂文、或者鲁迅式的杂文,才看成为杂文的”,“只爱曲折的、隐晦的和反语的文章,而不爱明白浅显和大声疾呼的、直剖明析和大刀阔斧的文章”。[1] 当时以冯雪峰在党内宣传部门所处的重要位置,以他作为鲁迅研究专家的身份,这篇文章被认为是新中国成立后很有分量的一篇理论文章,但是“由于当时处于建国初期,对社会主义时期的矛盾的复杂性、道路的曲折性估计不足,所以这篇讲话对于在新的历史条件下如何继承鲁迅杂文的战斗传统、如何以杂文为武器与社会黑暗面作斗争、如何正确地进行讽刺等一系列尖锐的现实问题,没有予以足够的重视,没有充分正视这些问题,作出更为全面的科学解释”。[2]

但这篇文章和黄裳之后的人生转折紧密地联系在一起。多年后,黄裳旧事重提:“我在副刊上发表了一篇《杂文复兴》,不想引起了一场不大不小的风波。当时夏衍是掌管上海意识形态的长官,他又是老报人,看到这篇不合时宜的杂

[1] 冯雪峰:《谈谈杂文》,《文汇报》,1950 年 6 月 30 日。

[2] 张梦阳:《鲁迅杂文研究六十年》。

文，以为可能引起祸端，立即打电话给唐弢，转告我设法弥补。我遵命又写了一篇《再论生产救灾》，赶忙发表。不料为时已晚，补救无效，各种棍子已打上门来，围剿一阵之后，由雪峰写了结论性的批判文章，并在电台上向全国广播。终于在共和国建国之初，宣布了鲁迅式杂文的死刑。雪峰当时一面起劲地写《鲁迅回忆录》，一面又回过头来向鲁迅背上捅了一刀。此中玄机，我至今参详不透。那阵势，颇有点像随后而起的《武训传》《红楼梦》批判的雏形。幸而没有引起高端的注意，嚷嚷一阵子就过去了。正如'风乍起'，'吹皱一池春水'。当然，批判似乎也没有什么长久的效果。如果一批就倒，那还是鲁迅的杂文么？"[1]

这次风波对黄裳的影响是，不久以后，他在报社的日子就艰难起来，一度离开了《文汇报》。

1956 年 4 月，毛泽东提出了指导和促进我国科学文化和文学艺术繁荣发展的"百花齐放，百家争鸣"的方针。在"双百方针"口号式的引导下，从 4 月起，一些报刊开始出现杂文。一直难以舍弃创作的黄裳在大好的形势下，在《新民晚报》的副刊"夜光杯"上开辟了"无所不谈"专栏，用着"范莱"的笔名，前后写了十来篇短文。"只是后来多半成为'毒草'，被收集成一册专作批判用的小册子。"[2]

发表于 1957 年 5 月 28 日《新民晚报》上的《嗲》，针对的是费孝通在 1957 年 3 月 24 日《人民日报》上的《知识分子的早春天气》的。但和费孝通的委婉迂回相比，黄裳的文章显得直截了当，酣畅淋漓。黄裳在这篇文章里对中国传

[1] 黄裳:《我的集外文——〈来燕榭集外文钞〉后记》,《来燕榭集外文钞》。
[2] 黄裳:《掌上的烟云 • 后记》,《黄裳自述》, 第 13 页。

统知识分子的“美人香草”式的对权贵的依附行为进行了大胆的质疑和批判，并“希望生活在新中国的知识分子也摸一下自己的脊梁，挺起来，不再学易安居士或林妹妹那样娇滴滴地扭扭捏捏”。在此，他对中国的知识分子的心性结构进行了深入的解析，从对他们的诗文唱和的考察中窥见真相：美人香草式的譬喻正反映出制度的不合理和知识分子的不觉悟。而进入新中国之后，如果知识分子依然怀有这样的心理，作者也就难免要“站出来说两句”了。这个见地是深刻的，又是远远超前的。

在《贾桂思想》中，黄裳明确指出：“奴才与奴隶是两回事，这已经是常识了。那区别，首先表现在对自己的生活、处境的态度上。奴才是欣赏、满足于自己的生活的，奴隶则只是痛恨；两者也都想改变自己的生活与处境，奴才是想爬上去，向‘奴隶总管’的方向努力进军，奴隶则只想打碎身上的枷锁；因之，奴隶只有一面性，而奴才却有两面性。对上，他是奴才，对下，则是‘总管’，或至少要表现出这种优越性来。”[1]在《关于方回》中，黄裳对学识与人品极不相称的方回进行剖析，方回的学问可谓高深，但其对于权贵的谄媚和为了个人的私利而采用告密等手段来打击异己的行为，使其最后连一个忠实的奴才的“品质”都已不具备。从方回的进退失据，我们可以看到许多知识分子的分裂的人格。这既是历史造成的，而他们自己也有不可推卸的责任。

在这些文章中，黄裳笔锋犀利，完全没有淡话。从“狭义的杂文”一点看，黄裳完全承接了“鲁迅风”，而且他的

[1] 黄裳：《贾桂思想》，《嗲馀集》，第157页。

一些取材和鲁迅非常贴近。1982 年他写的《漫笔》中“物美价廉”一节，仍贯穿着对知识分子中残存的旧时士大夫臣民心态的批判。这是至今仍然足以发人深省的。从这样的基本观点出发，黄裳对于一度嚣嚣然的“‘新基调’杂文”论嗤之以鼻，就是极其自然的了。在《戍年谈狗》一文中，他又针对流行的有关“费厄泼赖”不宜缓行的说法，正本清源，纠正对鲁迅的误解。只要有一定的言论空间，黄裳是不惮于直陈自己的观点的。

1988 年，黄裳写了杂文《继续走鲁迅的路》。在这篇文章中，黄裳明确了杂文的命运几乎与国家命运同步的观点：“当它兴旺发达之时，就是人民大众心情舒畅之日，至少是在一定程度上摆脱了万马齐喑的痛苦处境的时期。”而这种万马齐喑的局面在中国自古有之，究其原因，黄裳认为：“千百年来，中国思想上的沉疴是执一害道，也就是‘舆论一律’，凡事都要有一种法定的说法。”为此，作者有这样的理解：“其实重要的是方向，只要方向确定了，道路不妨由各人自己来走，这样反而能互相调和补充，取得丰富与稳定的效果，避免思想的萎缩与退化。”

黄裳为何如此激进？在不断地阅读其作品的过程中，窃以为黄裳之所以激进，之所以被称为老左派，是有根由的。这根由来源于他的经历在一定程度上与中华民族的命运是相吻合的，或者说他时刻受着外在环境的拨弄。本来是年轻人，对未来、爱情充满着迷幻似的梦，突然抗日战争爆发，于是只能随校迁徙，旅途的辛劳、学业的不定让他感受到方回诗句中的沉重。之后担任美军翻译，在炮火和鲜血的洗礼中，让他看到了现实的真相，所以黄裳自己也说：“才发

现在课堂里是绝不可能得到这样丰富的知识的……感情一下子变粗了。”现实的经历和磨难让他放弃了之前天真的幻想。从业后的工作是记者，记者更是站在时代、政治的前沿，更是要及时把握并能前瞻时代的风向，必须和时代、生活保持紧密关系，所有这一切都决定了黄裳必然要积极地介入社会。当他1950年发表的《杂文复兴》直接触及政治的敏感地带之后，他的命运不断被拨弄，停职、转换工作、下放劳动、藏书被全部收走，种种打击于黄裳的内心会产生怎样的波澜呢？在《十年旧梦》一文中他做了深刻的反思：“我时常想起自己在十年动乱中的经历，追溯思想变化的历程，总是感到了苦痛的耻辱。这并不是指外来的凌辱，那是不能选择，也无从躲避的，也不应由自己负责。我觉得痛苦的是在一段时期里没有能严肃认真地面对生活，失去了做一个正直公民的勇气。甚至还想，十年的‘文化大革命’，也应该有自己的一份责任。这话听起来似乎狂妄而可笑，但事实总是事实。如果没有大量的精神境界像我一样的群众，那场大动乱是不会顺顺当当地发展到那样规模的。”他说自己在这个过程中经历了“从奴隶走向奴才，又从奴才向奴隶转化”的过程。

“文化大革命”结束后，黄裳很快写了很多文章，既有游记，又有读书记，在这些文章的结尾处往往要写些欢欣鼓舞的话，这些文字成为他为人诟病的地方，如止庵说他是“代集体抒情，缺少了个人的色彩”。但是窃以为，代集体抒情的成分是有的，但怎能说黄裳不是这集体中的一分子呢？经受了身心的磨难，突然解放了，突然图书回来了，怎能不放声歌唱？所以我觉得黄裳是非常社会性的一个人。黄裳是在社会和书斋中逡巡，或者说他是在古书中查找与现实社会相对应的部分，所以他在多处说过："看看眼前的世事，总觉得三百年后上演的依旧是一场过去的旧戏。"

这大概就是所谓的经历过才会懂得。世事沧桑，生活本来就比文学更复杂。生活是人的本真，文学是人的提升，实践是检验真理的唯一标准，这才是真理。当止庵们和黄裳展开论战时，他们更多的是想象，是书本等间接经验。

黄裳晚年的创作非常丰富，是"活到老写到老"的典型。在他的几十种著作中，绝大部分都是"文革"后三十多年创作的。而他越战越勇的斗士形象，与他的沉默寡言形成鲜明对比，更是引人瞩目。打笔仗成为他晚年的一大"壮举"，如 2011 年 12 月初版的《来燕榭文存二编》就"以打架文章为多"，火力十足。董宁文说："像这样有生命力、战斗力的文化老人，国内无第二人。"

黄裳有篇文章，题为《散文与杂文》。他指出："散文和杂文作为两种不同的文学体裁，不知道在文学史和《文学概论》之类的著作里，是否都已各自给予了科学的定义，我想在许多人心目中还是并不怎样清晰的。""在古代，散文曾被提出来与骈文配对，更早些则是与韵文相对立而出现，也就是我们现在说的诗与散文。这当然是一种不够细密的大框框，不过我觉得自也有它的优点。""由于我们现在的分类方法，留给散文的活动天地过于狭小了，好像只有写点景、抒点情，温文、含蓄……的品种才合乎规格。""散文曾经是一个多么广阔的天地，除了诗歌之外，几乎包括了一切使用文字写成的作品，许多新的名色都是散文的分支，后来独立成长，成为新兴、兴旺的文学门类。""杂文，是'五四'以后崛起于文苑的新体，经过鲁迅先生毕生的努力，奠定了方向，提供了范本，树立了风格，已经成长为一种有旺盛的生命力，并为人民所热爱的文学样式。对杂文，人们是有着较为明确的概念的，不过科学的定义好像也还没有。记得鲁迅就曾说过，中国古代编文集，有编年和分类两种办法，编年有利于知人论世，分类有利于揣摩文情。如果不是严格按照赋、颂、论、书、跋……来分门别类，就只有一股脑儿按写作年代依次编定，这样就显得杂，这样的文集也就是所谓'杂文'了。鲁迅自己的文集，和我们现在对杂文的理解，是有不小的距离的。值得注意的是，这方法表现出来的宽大眼光，绝不把文苑里的果实像豆腐干似的分成多少门类，这种精神到底是值得佩服的。"[1] 这篇文章虽然看起来拉杂，但黄裳的主题是明确的，首先散文就是一个大类，大可不必将其分解得太细。其次，散文和杂文的道路是相通的，单纯的美文写作往往不能持久。文章最重要的还是他的思想上的比重，形式还是次要的问题。

正是在这样认识的基础上，我们看到不论是黄裳的记游文字、读书随笔、报告文学还是他的纯粹杂文，都是将历史和现实有机地联通起来，谈历史而寓目于现实，谈书籍而观照着当下。这样就形成了他散文的整体特色：其一，黄裳的散文在写作时没有什么特别的限制，或记叙、或抒情、或议论，自由穿插，纵横捭阖。其二，从 20 世纪 40 年代后期开始，他的文字不管是谈论什么内容，杂文的批判、揭露的因子都很强。其三，在他的笔下，不管是何种文体，都不能

---

[1] 黄裳：《翠墨馀编·散文与杂文》，《黄裳文集·杂说卷》，第 253 页。

忘怀于对现实的关怀，这既和他记者的身份、职业有关，更和他倾心于鲁迅有关，或者说他更难脱离现实社会。正如在他写作模仿的道路上，是从何其芳的《画梦录》到《怀乡杂记》的。其四，如果说，黄裳是个文体家，这主要体现在他文章的杂糅性上。他能够综合散文的各种写法，自成一体，所谓“杂记”“杂谈”。当然，在其中，他独有的历史的追索情怀和思考、浓厚的学术和书卷气息、较为独到的见识使得他的文字读来更加涵泳，更加有韵致，即以学术的高度和历史的深度作底，自然会沉静有味。

中编

黄裳的历史、文学人物品藻

他们永远谈之不休的晚明故事。

——黄永玉

他的散文中有关论史和前代文化之作，很少涉及宋元以前，而倾心于议论晚明和明清易代之际的世态、文人和文化现象。

——何满子

唐弢在20世纪80年代发表了《关于中国现代文学研究问题》一文，其中他提出了“学者的散文”这一话题。举出的代表人物除周作人外，还特意提到了黄裳：“上海有个黄裳，他的散文是学者的散文，有考证，有闲谈，有读书札记。随手写来，娓娓动听，写得非常漂亮。我觉得无论如何，这种散文的传统应当加以发扬，应当引起现代文学研究者、文学史家们的重视。”[1]

从词源看，最早提出“学者散文”概念的是余光中。1963年他在《剪掉散文的辫子》中将中国散文分成“学者散文”“花花公子的散文”“浣衣妇的散文”“现代散文”四种。将“学者散文”定义为“融合情趣、智慧的文章”，“它反映一个有深厚的文化背景的心灵，往往令读者心旷神怡，既羡且敬”，它“限于较少数的作者”。余光中提出的代表作家有钱锺书、梁实秋、李敖。喻大翔在《中华二十世纪学者散文综论》中将“学者散文”界定为：“百年来大陆、台湾、香港和澳门各门学科学者创作的，具有现代学者思维特征、价值取向、知识理想、话语方式和文体风格等富有从内容到

[1] 唐弢：《关于中国现代文学研究问题》，《治学之道》，第59～60页。

形式各类要素的散文作品。”从界定来看，喻大翔的过于空泛，而余光中以其诗人、散文家敏锐的感觉把握住了学者散文的特质。以此来衡量唐弢对黄裳的评价，应该是不错的。

黄裳作为散文作家，同时在学术上也一直有自己的追求。在《银鱼集》的后记中，他提到在20世纪60年代初，“曾经有过一种野心，想关起门来研究几个有兴趣的历史问题”。“记得其中就有这样一些题目：清初明遗民的生活与思想，他们与新朝统治者的微妙关系，以及通过像曹寅这样的人物体现出来的清初文化政策……通过毛晋、许自昌这些地主兼‘出版家’的活动反映出来的明清之际资本主义萌芽的消息，通过他们与一些‘大知识分子’如钱牧斋、陈眉公之间的关系，看党社集团与山人名士的真相。又如‘扬州八怪’‘西泠八家’这些画家诗人的社会经济地位，掩盖在‘高雅’表象底下他们的真实面影，‘清词丽句’背后的愤慨牢愁。还有在扬州盐商马氏兄弟、天津水西庄查氏周围聚集着的以厉鹗为首的一大群文士的踪迹。这许多，都是想了解三百年来文化史的人所必须认真弄懂的。”[1]

对明末清初历史故事、历史人物的多方收集与探究，成为黄裳散文中的一大特色。他多年来对中国传统文学、文化的爱好，对古籍的搜集、阅读，对历史问题的探求，使得他具有了深厚的学养。故作文时，能够从一点谈起，联系与之相关的历史史实和历史人物，相互对照品评；行文时，又摆脱了学术论文通常的严肃和枯燥，而是笔姿摇曳、娓娓谈来，在不温不火中传达出他的意见，把学者散文的境界发挥

[1] 黄裳：《银鱼集·后记》，第375页。

到极致。

本编命名为“黄裳的历史、文学人物品藻”，主要的意图是通过梳理评论黄裳对明末历史人物的品评、对现代文学史上的作家的分析，见出黄裳的学术功力和其“学者散文”的书写魅力。人物品藻作为一种文化现象，在我国起源甚早，而在东汉、三国之际，尤为风行。通俗地讲，人物品藻就是人物评论。其最基本的价值取向，乃是以人为着眼点，进行由表及里、由外及内，从现象到本质、从具体到抽象的观察与评价；换言之，就是对人进行从形骨到神明的审美批评和道德判断。这种文化现象，与当时的历史背景、社会思潮，以及审美观念等，均有千丝万缕的联系。今天，人物品藻成为对人物进行评论的一种雅致的说法，而由人物品藻，也能见出人物身后的历史、社会现实，达到对历史本相和文学本质的深入把握。

这些在黄裳的写作中占有较大比重，构成了他丰富而深邃的文学评点。

第一章 明末历史人物品藻

黄永玉回忆1946年年底，和黄裳混在一起的那段岁月，黄裳和汪曾祺在一起谈“他们永远谈之不休的晚明故事”。[1]黄宗江在《黄裳的“基因”》中写道：“黄裳修文半世，我则卖艺江湖，年长失学，演剧写剧外间有散杂之作亦难成大器，难望其项背，不禁常常艳羡他的学问，学富岂止五车五舟。深思之，他的学问大可概括为两大类：一曰国学，一曰人学。”[2]

那么，黄裳为什么如此关注晚明一代呢？何满子在《黄裳片论》中说：“他的散文中有关论史和前代文化之作，很少涉及宋元以前，而倾心于议论晚明和明清易代之际的世态、文人和文化现象。这原因很容易解释：黄裳自述他最敬仰鲁迅，而鲁迅多次慨叹过他目击的当时昏暗的现实和晚明的世态酷似，这自然影响黄裳所关注的方面。同时，黄裳自己又身于离乱之世，对那一个历史时段最易感触。因此，感今慨古之际，谈史事既集中于那一时段，载籍的搜求也就自然钟情于那一时段了。不必琐举别的，只要看他的书跋文字

[1] 黄永玉：《黄裳浅识》，《爱黄裳》，第7页。

[2] 黄宗江：《黄裳的“基因”》，《爱黄裳》，第16页。

中对祁氏澹生堂的遗籍的那份深情贯注的钟爱，就可见其一斑了。”[1]

与鲁迅的同感及所处的乱世的确是黄裳接近晚明的重要原因，除此外，黄裳离开学校参军后走过的几个地方，恰是晚明活跃人物登场或落难的地方，地理的认同感进一步加强了他的兴致。当然，晚明话题在20世纪30年代的中国重述是当时文化界的一个突出现象。

这个现象的引发者是周作人。周作人于1932年2月到4月间应辅仁大学之邀作“中国新文学运动”的系列演讲，八次演讲的内容整理出版后就是《中国新文学的源流》。尽管周作人自称：“我本不是研究中国文学史的，这只是临时随便说的闲话，意见的谬误不必说了，就是叙述上不完不备草率笼统的地方也到处皆是，当作谈天的资料对朋友们谈谈也还不妨，若是算它是学术论文那样去办，那实是不敢当的。”但《中国新文学的源流》在中国学术史、文学史上却占有重要地位，直接“开启了整个30年代乃至后来半个多世纪的晚明文化和文学的研究热潮，许多话题至今仍在讨论”。在《中国新文学的源流》中，“周作人通过他的论述为新文学另行开启了一个源头——晚明。周作人发现了晚明，并把它作为“五四”新文学的源头加以清理和发掘，不仅有学理层面上的可靠依据，比如，把公安派的“信腕信口，皆成律度”这八个字与胡适的“八不主义”相对照，寻找其间的理论共性；再比如，发现“五四”和晚明两个文学运动都是以反对泥古运动为起点的，以及“五四”作家胡适、冰心、徐

[1] 何满子：《黄裳片论》，《爱黄裳》，第21页。

志摩的作品与公安派的小品，俞平伯和废名与竟陵派在文学风格上的某种相似，更重要的，周作人发现晚明从根本上改观了新文学受西洋文学影响而发展起来的单一维度，使新文学重新“认祖归宗”，回归传统。在20世纪30年代初文化保守主义思潮日渐浓厚的大背景下，这个发现当然会火花四射，引起思想地震的。[1]

如果说周作人是从文学作品的真情、真挚、真实个性的表现等方面肯定晚明文学的价值，并将其与五四新文学对人性的张扬联系了起来的话，鲁迅则是从《明季稗史》《痛史》中看到的是晚明的被侮辱被损害的灵魂，是残忍的杀戮和遍地的鲜血。鲁迅说：“明人小品，好的；语录体也不坏，但我看《明季稗史》之类和明末移民的作品却实在还要好，现在也正到了标点、翻印的时候了：给大家清醒一下。”[2]

可以说，周作人与鲁迅代表着20世纪30年代以来从不同立场、视角出发而生的对晚明的两种表述。受周氏兄弟的深刻影响，黄裳对晚明发生兴趣也在自然之中。但与周氏兄弟来自于历史书籍的间接经验相对，黄裳对晚明的关注或研究看来更多的是从个人的故地重游和感慨出发，他看重探讨的是历史无常变幻下不同个体的人生选择及选择的后果。

“在抗战后期流落到西南一隅时，总不免有时会想起三百年前的南明永历，那是被清军逼处南天一角的小朝廷，在覆亡之前留下过一些可悲可叹的故事的。怀古思今，总不免有些感慨。一时南明史成为热门话题，那原因就在此。在

[1] 郝庆军：《两个“晚明”在现代中国的复活——鲁迅与周作人在文学史观上的分野和冲突》，《中国现代文学研究丛刊》，2007年第6期。

[2] 鲁迅：《读书忌》，《鲁迅全集》第5卷，第588页。

莲花池畔，我写过一首诗‘莲花池畔水青青，芳草依稀绿未醒。三百年前家国事，一起都付与沧溟’。后来又在川滇道上开始写下一篇《昆明杂记》，是杂缀南明野史的读书笔记。后来到了贵阳，这是弘光小朝廷马士英和杨龙友的故乡，不能不想起孔尚任的《桃花扇》，乘兴又写了一篇《贵阳杂记》。这些都是‘南明热’中涌现的小小涟漪。在我自己，则是又开辟了一条新的创作道路，一条到眼下还继续走着的创作道路。”[1]

《昆明杂记》说的是陈圆圆的故事。黄裳通过史料考证了陈圆圆的出处、经历等。圆圆原为姑苏娼女，被田畹买来是送给皇上的，但皇上知道是青楼妇，不受，后归于吴三桂。在李自成进京后，被刘宗敏所得，也有说被李自成所得。之后吴三桂向清兵求救，终致清军入关。“陈圆圆在三百年前的女人市场里可以算作头等的货物了，转了若干道手，终于因为受不了压迫，遁入空门，还是不行，终于寻死了。对于这样的一个女人，我是怀着颇好的感情的。如果能为她写一篇历史剧，该是多么伟大的一个诗剧呀。……吴梅村的《圆圆曲》是很美丽的一篇诗史，尤其值得佩服的，是他不曾把‘美人’当作‘祸水’。”[2] 关于吴三桂的所为，在历史上有批判和同情两种定论。黄裳引了夏允彝的《幸存录》。在夏允彝的《幸存录》中是为吴三桂开脱的。还引了《甲申传信录》，“当时一般人和后来的史家都知道吴的乞师东夷完全是为了陈沅。”[3] 黄裳还提供了王灵皋在《中国内乱

[1] 黄裳：《掌上的烟云》，《黄裳自述》，第 4 页。

[2] 黄裳：《昆明杂记》，《锦帆集》，第 141 页。

[3] 黄裳：《锦帆集外·昆明杂记》。

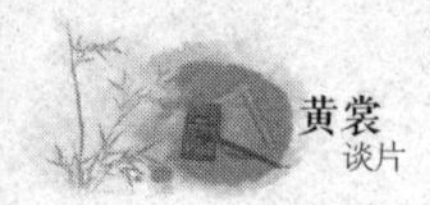

外祸历史丛书》中的说法，认为吴三桂之降清，“其大前提还是新地主对于农民叛乱之不可调和的对立面致之。”在此文中，黄裳还着重介绍了吴三桂和永历帝之间的故事。写永历帝被迫逃亡缅甸，吴三桂用计赚得永历帝。全文充满了历史文献。

《贵阳杂记》作于1945年。1945年7黄裳到此待了两个来月，留下了这篇文字。虽然收入《锦帆集外》，但这篇并不是游记，而是讲述了与贵阳有关的南明历史人物，与贵阳有关的南明人物有：杨文骢（龙友）、马士英（瑶草）。在《贵阳府志》中，杨龙友被归入《耆旧传》，马士英则不纳，黄裳说大概只能去《明史·奸臣传》去找了。

这两篇文章是黄裳谈论晚明人物的开始。为了谈好历史，黄裳说“研究这许多饶有兴味的重大课题，不是我的知识、素养所能承担的”，“对旧史的兴趣，也引发了我对旧书的爱恋，从收集新文学旧刊本又转到旧有典籍的蒐求。我时时警惕自己，不可过深陷入骸骨迷恋的迷宫，要时时与现实比照，从而发现其间的关系”[1]。所以，购买书籍成为应有之义。黄裳对古书的兴趣开始于中学时代，据他自己回忆：

我对古书的兴趣在中学时代就形成了，大量买古书却是1947年后的事。当时我已是《文汇报》的编辑，报纸被国民党封门以后，我闭户索居，写关于吴昌时的《〈鸳湖曲〉笺证》。吴晗知道后从北平寄来了《霜猿集》；郑振铎的帮助更使人感动，我记得在他家灯光灰暗的“书城”里，他顺

[1] 黄裳：《黄裳文集》前言。

手就抽出了明刻的《几社文选》塞给我。名贵的明版书也慨然相假，真是让我又激动又不安。从这以后，我也开始买起古书来。

那时买书没有一点章法，也没有一定的鉴定眼光，靠的是一股豪气。好在当时书多，价钱也不像现在这么昂贵，一般的明版书也只有几十块一部。只要看了中意就尽力买进来，当然重点是明末清初那一段，除野史外，也买明人集部和清初人的集部，还买了一些晚明版画。[1]

黄裳谈论晚明人物，可以大致分为三类：明末有名的女子如柳如是；《桃花扇》中涉及的人物；散文家张岱、吴梅村等。

一、柳如是

在黄裳的晚明人物论中，给予文字最多的一定是柳如是了："大约在十多年前，对柳如是这个人物发生了兴趣，搜集了一些有关资料，试作了一本《柳如是年谱》，又把明清以来有关她的诗文、笔记抄集在一起，足足有一大本，戏题之曰《蘼芜集》。柳如是在她的同时侪辈中间，无疑是声势最为煊赫的一位。无论'秦淮四微'或李香君、卞玉京这些前辈或姊妹行，都远远比不上她的气派。不但在当时，就是在身后，三百年来，一切大小文士，只要碰到与她有些牵连的事物，无不赋诗、撰文，回肠荡气。"[2]

黄裳谈到柳如是的文章计有《柳如是》（1969 年），《关于柳如是》（1978 年），《"寒柳堂"的消息》（1979 年），《钱

---

[1] 黄裳：《书林漫话》，《春夜随笔》，第 82 页。

[2] 黄裳：《鬼恋》，《绛云书卷美人图》，第 164 页。

柳的遗迹》（1982年），《钱牧斋》（1984年），《柳如是》《河东君小像》（1989年），《常熟之秋——关于柳如是》（2007年），《旧辑柳如是〈湖上草〉及〈尺牍〉跋》（2008年），《钱牧斋先生尺牍》（2011年）等。2012年，默当将黄裳谈柳如是、钱谦益的所有文章结集在一起，以《绛云书卷美人图》为名出版，共计有文章27篇。

黄裳谈柳如是，不是简单的猎奇趣味，而是要由一人观照社会变革、朝代兴替，挖掘后面的深层历史内涵。他说："李香君有人给她作了《桃花扇》，陈圆圆也博得一首《圆圆曲》，董小宛更是热闹得很，命运比较，最寂寞的是柳如是与顾横波了。"[1]

为了能全面把握柳如是，黄裳做了大量的田野调查、资料收集工作。在《旧辑》一文中，他谈到1947年到南京龙蟠里国学图书馆，拜谒柳诒徵，得见元刊本《乐府新编阳春白雪》。据黄丕烈跋，此书墨批为柳如是真迹，黄裳自觉眼福不浅，留下了深刻印象，这是他留心柳如是的开始。在风雨如晦的1969年，黄裳颇有余闲，手写《云间柳如是湖上草一卷补遗一卷尺牍一卷》，恭楷抄成，就连他自己也以为是不可想象的奇迹。在跋语中，黄裳感叹："清集如海，其中必有与如是有关涉者，安得数载余闲，为此考索勾稽之业耶？此非无益事，欲求甲乙之际社会真相，必不可不知此事。"说明他想借助清人别集，花费数年的功夫，来勾稽钱柳的事迹，从而见出当时社会的真实情状。后来，黄裳还辑录了《柳如是事辑》一厚册，可惜在"文革"中被抄走，不

[1] 黄裳：《金陵杂记·柳如是》，《黄裳文集·锦帆卷》，第241页。

知飘零何处，在他是非常痛惜的事情。

黄裳还两次拜谒钱柳墓冢。一次是在20世纪80年代初，陈寅恪的《柳如是别传》出版后，柳如是的大名再次受到世人关注。黄裳在去常熟的时候，在三轮车工友的帮助下，寻找到钱柳的坟墓。钱谦益的墓上有两块石碑，柳墓则无论规模、形制都比钱墓气派，却立的是一无字碑。这很容易让人想到武则天。20年后，黄裳重访钱柳墓冢。此时的柳如是墓，已经满地荒芜，以前光秃秃的土馒头被茂密的丛莽包围，举步维艰，想走近都难。黄裳经过考证认为，柳墓在1937年和1950年已经两次被盗。20世纪50年代大炼钢铁时，有人将柳墓前的青石搬去烧石灰了。当地一位姓周的生产队队长发现后，将其遗骨收拾掩埋，这让人遗憾之中略感欣慰。

现代作家郁达夫在《娱霞杂载》中录有柳如是的《春日我闻室》一诗，就文学和艺术才华，将她评为“秦淮八艳”之首。著名学者陈寅恪读过她的诗词后，“亦有瞠目结舌”之感，对柳如是的“清词丽句”十分敬佩。清人认为她的尺牍“艳过六朝，情深班蔡”。那么对于黄裳来说，柳如是到底有何魅力，让他如此追寻呢？是她于尺牍中自称为“弟”的惊世骇俗，是她女扮男装的潇洒磊落，是她劝钱谦益跳水殉明的深明大义，还是最后投缳退凶的刚烈决绝？是她文字的清丽超俗，是她虽为女子却对政治充满热情？还是由柳如是一人可看到“南明社会的全貌”？凡此种种，都强烈地吸引着黄裳。

黄裳用他稳健的笔触细致地讲述着柳如是的身世。“她觉得委身之人非得要‘博学好古，旷代逸才’不可，她开始去追求男人了。”对于柳如是的作为，黄裳应该是颇有赞誉之意的。柳如是挑陈子龙，结识张天如、汪然明，而最终归于钱牧斋，所与往还者，不是商人即官僚，不是官僚即地主，不是地主就是名士。而钱谦益既是大官僚，又是大地主，更是大名士，可以说完全符合柳如是的择婿条件。同时，在《柳如是》一文中，黄裳尤其多用笔墨，多从资料中梳理出了钱柳之相遇及婚后生活，指出："这以后他们过的是才子佳人的快乐日子。""绛云灾后移居红豆山庄时的生活，是快乐的，美满的。在中国旧式文人的心目中，才子佳人，什么事比这个还更可希求呢？"[1]之后说到钱谦益与阮大铖交结。清兵渡江，谦益投降。"当时清兵已至，大臣聚议，有两种办法，争议未决。一种是从福王逃走，另一种是留在南京。有人大声地说：'今日之事，从驾为轻，保国为重，吾辈当图其重。'这说法正与数年前的一些人所标榜的苦留陷区，保留××之类的相同。"[2]写历史人物不忘观照现实，这言下之意是对抗战时期一些人去留的直接讥讽。文章后面还写到钱谦益做了清朝礼部右侍郎不久后又被捉起，"去救他的还是柳如是"，柳如是还劝钱谦益殉节。钱死后，柳因出身不正而备受凌辱，以致投缳了事。写出了黄裳对柳如是的无限同情，结尾处写到钱遵王作为钱谦益的老孙子，聚书颇得益于钱谦益，而在牧翁死后却第一个来争财产，"世情如此，真使人不及料"。

综观柳如是的一生，大抵包括两个侧面。露在外面，为大家所看见的是她的"风流不检"；掩盖在底下，很不惹眼，

[1] 黄裳：《金陵杂记·柳如是》，《黄裳文集·锦帆卷》，第245页。
[2] 黄裳：《金陵杂记·柳如是》，《黄裳文集·锦帆卷》，第248页。

但确实存在而且极为清晰的是她的强烈的一贯政治倾向。结合起这两者，才能使我们对她能有一个较为完整的认识。在她那些“不检”的行径中间，处处浸透了对封建制度的抗议、蔑视与践踏。[1]

河东君柳如是也是只能在晚明那个特定时代才能产生的极有特色的人物。她是有名的妓女，又是出色的女诗人；她后来成为钱牧斋的爱妾，但在政治上又给钱牧斋以很大影响；她是一个很勇敢的反抗封建礼教的被侮辱与损害者，在那样的社会里她力所能及地对封建制度、规条进行了轻蔑的抗拒与斗争，最后战死了，但她直到死也没有屈服。她在这方面的言论与表现比起与她同时的顾横波、董小宛……来，无疑要高出许多。[2]

无人理解如是是信奉“政治第一”的奇人，她选婿选中了钱谦益，真是爱上了这位“雪里山应想白头”的老头子么，还不是看上了他东林浪子、党社班头的政治地位。她劝牧斋清流自尽，也还是为了一个好名声，一路艳装乘马，作昭君出塞状，可见得意。在金陵，明知阮大铖是坏种，偏要陪他吃酒，“移席近之”，还不是为了替牧斋争得一员好官。一直到后来的视察反清义军，倾奁助饷。资助黄宗羲在牧斋家中读书，也还是看中了他是朱明名臣之后。直到南明一局恢复无望，她才离开牧斋别居、下发入道了。牧斋死后家变，如是面对钱曾等的凌辱逼债，不得已一死解围，这是她最后运用政治手腕取得的“最后胜利”。至于关于她的绯闻轶事，自然有一部分是诬陷，但不可能是毫无根据的流言，

[1] 黄裳：《榆下说书·关于柳如是》，《黄裳文集·榆下卷》，第158页。

[2] 黄裳：《晚春的行旅·钱柳的遗迹》，《黄裳文集·锦帆卷》，第638页。

在如是看来，宗法道德，又能有几分真价，毫无顾惜地用脚踏下去就是。

在黄裳对柳如是的评述中，可以看到他对柳如是是从“同情的理解”到“微有讽意”的。而且他特别提出柳如是的“政治意图与才略”，这是超越了一般的看法的。

二、与《桃花扇》相关的人物

在《不死英雄》一文中，黄裳写道：“明清易代之际是个‘天翻地覆’的大时代，没有谁可以逃脱时代的考验。因为种种特殊的原因，知识分子遇到的考验是特别严酷的，封建道德的威力在他们身上显示得特别严厉而强大，个人与‘天地君师亲’之间的关系都要求处理得符合标准。这很有点像作茧自缚或作法自毙。读书人平常爱说大话，要求别人较为严格，在发表意见和作文章时提出了许多‘高标准’，现在轮到自己接受测验了，于是就有很多人出了丑。”“我们看许多晚明的历史书，作者判断好人坏人的标准，只在于他是否在甲申殉节。有些劣迹昭著的家伙只因在‘国变’时死掉了（有的还是莫名其妙地被乱兵杀死的），就一律归入《忠义传》（近来有一种意见，说马士英和阮大铖是不同的，前者死去了，后者则是投降的。我们应该承认马、阮之间确有不同，但也不能只用这标准得出过于简单的结论而满足），反之则归入《贰臣传》或《遗民传》。”[1]这段表述集中表达了黄裳对晚明人物的看法。其间也有他对人物品评的标准在。而这标准应该说和他在“文化大革命”中的遭遇和他对“文

[1] 黄裳：《不死英雄》，《榆下杂说》，第12页。

化大革命”的反思相关。

在谈及晚明的人物时，黄裳把目光驻足在与弘光小朝廷发生过关系的一些人物身上，而这些人物在历史剧《桃花扇》中也有较为直接的描摹。

1. **杨龙友**

杨龙友是黄裳谈论较多的一个人物。在《贵阳杂记》中，黄裳记述1945年7月来到贵阳，在此居留期间，自然关注当地的名人。杨龙友就是一位重要的贵州先贤。“依《桃花扇》所写，杨是一位标准的帮闲清客，所谓‘画中诗酒杨龙友’也。”“他是故家子弟，父亲曾做过云南提学、浙江参政，自己也是经过正途考试出身的。文酒风流，还喜欢谈谈兵。……他也曾入社，与作《幸存录》的夏允彝来访，是标准的一个清流。”[1] 其最后的结局是“‘王令文骢与共援衢。七月，大清兵至，文骢不能御，退至埔城，为追骑所获。与监纪孙临保不降，被戮。’这就是一代文酒风流的杨龙友的结末。他是不降殉难的，比起马士英来自然好得多。……这也是标准的东风论事法，不管他生前的行径如何，只要能够临难一死，一切也就可以宽恕了吧！”黄裳在此也不无揶揄之意。在此文中，黄裳也对比了马士英与阮大铖。更多的是把典籍中的相关记载摆出来，他自己的主观看法还不明确。但他也直接指明“南明是一个‘戏曲时代’”。

到了1980年，黄裳再度作文《杨龙友》。此文同样从《桃花扇》谈起，提到从“九一八”开始的“《桃花扇》热”

[1] 黄裳：《锦帆集外·贵阳杂记》，《黄裳文集·锦帆卷》，第127页。

一直持续到抗战和战后的一段日子，而且很多的大家，如梁启超都给予了特殊的观照。在谈到《桃花扇》具体的结构和人物时，黄裳指出："在全剧中，作者花了最多经营力气的人物也许是杨龙友。""在作者笔下，侯方域和杨龙友都像糊涂虫，都不及香君的清醒、严正。""综起来看，孔尚任把杨龙友写成了一个清客、高级篾片、两面派和丑角。有时候也做点'好事'，但总的趋向是坏事有余的。"这是《桃花扇》中的杨龙友。而历史真实的杨龙友"一生的主要成就是绘画，同时他又是一位颇有成就的诗人和散文作者。他本人是一位贵公子，崇祯后期只在江南一带做过几任小官，但是很喜欢交游、结客，朋友多半是社盟中人。只是因为有马士英这样一位阔亲戚，因此在弘光小朝廷里爬到高枝上去了，但高兴了没有多久，就碰上了厄运。他最后是在抗清战争中受了重伤，被俘，不屈而死的"。此文接着还从典籍角度介绍了各种对杨龙友的看法，并就其创作和绘画做了评价。应该说，黄裳对于杨龙友是充满了同情之意的，更强调的是他在特殊空间的不自主。这既承接了《贵阳杂记》中的说法，同时也是对孔尚任看法的一个矫正。

2. 马瑶草

黄裳在多篇文字中谈及了马士英，即马瑶草。"明末的马、阮，即马士英与阮大铖，已经成为历史上的著名的坏种，是久有定论的了。"黄裳也指出，马瑶草之类的人物往往很有才，"人间坏种多矣，但能做出大大的坏事，给民族、国家、人民带来特大灾难的，也还要靠他们的才能"。

3. 阮大铖

1946 年秋天，身为《文汇报》驻南京特派员的黄裳就在工作空闲的时候，徜徉在南京的大街小巷，去寻找历史的遗迹。因为住在离秦淮河不远的地方，每次经过时总免不了要想起《桃花扇》的故事，所以阮大铖也成为他关注的对象之一。在游走中，他发现了一条库司坊的小巷，据说就是当年曾被老百姓呼为“裤子档”的阮大铖的故居所在。黄裳看阮大铖，是既承认其在人格行为上是坏种，同时又肯定其在诗文方面的成就。

对于晚明政治舞台上的人物如阮大铖，许多人因为欣赏阮大铖的文才，而主张“不以人废言”的评价标准。陈寅恪在《柳如是别传》中更进一步批评东林党人在南明一局中的斗争策略有问题，叹息他们没有能给阮大铖一条悔过自新之路。黄裳的《咏怀堂诗》一文则试图解答这样一个问题：为什么阮大铖之流的坏种没有灭种？他指出：“为什么会经常不断地出现这样的悲剧，我想可能就为了人们激于义愤或别的什么原因，把历来一切坏种的著作和言行录都毁弃、封存，不再过问，终于淡忘，没有吸取必要教训的缘故。”[1] 文章名为《咏怀堂诗》，其实并不是对阮大铖诗的笺证，而是专讲阮大铖的政治丑行，其目的是为了表明“用行动为自己勾勒出的脸谱，其真实、生动就绝非没有‘达诂’的诗所能及”[2]。显然，黄裳追问历史悲剧不断重演的原因，既有对替古人“辩诬”的“宽容”的警惕，更有深切的当代文化关怀。

由此看来，黄裳对晚明文化现象的读解，在总体上超越了政治史与阶级论的束缚，具有从生活方式、文化心态、社

[1] 黄裳：《银鱼集》，第 116 页。

[2] 黄裳：《银鱼集》，第 127 页。

会交往等方面分析文化现象的整体视野，但他并没有因为对历史人物具了解之同情而摒弃阶级分析的方法。黄裳坚持以历史唯物主义的原则与方法来分析文化现象，“譬如气节问题，就不妨试用宏观和局部两种观察方法具体分析处理，而分别得出恰当的结论。向敌国、敌人投降是‘民族气节’的问题；向‘四人帮’卖身投靠、写效忠信，虽然不关‘民族气节’，但到底也是一种气节问题。我们什么时候都不能在这个问题上让步，搞灵活性。推而广之或等而下之，今天说东，明天说西，见风使舵，绝无情操，在这样人身上也有个气节问题。与汉奸、叛徒相比，程度固然有大学与小学之分，走的却是同一条路子，危害也并不小”[1]。在变化之中把握恒常，在相对之中理解绝对，唯其如此，黄裳才能在各种潮流更迭中保持一分清醒。“读吴伟业文集，你不难感知那自审的严酷，与自我救赎的艰难。”[2] 在此，我们不能不想到黄裳对周作人的认识，以及他提到的“贰臣文学”。正如 20 世纪 80 年代之后，黄裳与周作人渐行渐远，我想一个大的原因就在于周作人没有忏悔。他轻描淡写地带过了自己当时所做的。这在黄裳看来是不能饶恕的。可以说黄裳谈晚明，谈的是气节。正如郭预衡先生认为：“鲁迅和周作人的分歧，不在于提倡读史，而在于小品文的赏析。”周作人看到的是小品文中闲适的一面，鲁迅看到的是小品文中依然有抗争。

三、晚明小品及张岱

周作人在《中国新文学的源流》中谈道：“公安竟陵两派文学融合起来，产生了清初张岱（张宗子）诸人的作品，

[1] 黄裳：《榆下说书》，第 13 页。

[2] 赵园：《明清之际士大夫研究》，第 12 页。

其中如《琅嬛文集》等，都非常奇妙。《琅嬛文集》现在不易买到，可买到的有《西湖梦寻》和《陶庵梦忆》两书，里边通有些很好的文章。这也可以说是两派结合后的大成绩。”[1] 周作人的评价将张岱的散文成就提升到一个很高的程度，这直接引发了 20 世纪 30 年代后的张岱热。

张岱生于明万历二十五年（1597 年），约卒于清康熙二十四年（1685 年）。他自幼聪颖好学，受到良好的家庭教育。他的高祖张天复曾修《山阴县志》，曾祖张元作修过《绍兴府志》《会稽县志》，祖父张汝霖是文学家，以诗文名世，祖辈几代都任过大官，但到张岱的父亲张耀芳时，家道日渐衰落，仅当过几任小官，但张岱从未任过官职。清兵南下时，明王朝眼看就要灭亡，马士英逃往浙江，欲要挟太后听政，张岱十分气愤，上章鲁王曰：“臣中怀义愤，素尚侠烈，手握虎臣之椎，腰佩施全之剑，愿吾主上假臣一旅之师，先至清溪，立斩奸佞，生祭弘光。敢借天下之第一罪人，以点缀主上中兴第一之美政，风声所至，军民必勇跃鼓舞，勇气百倍。传首北鄙，有不震悚苦服退避之者，请斩臣头以殉可也。”（《石匮书后集》）鲁王遂被张岱所感动，令他带兵数百，捉拿马士英问斩。但马士英获知消息，投奔方国安，煽动方国安用兵挟制鲁王，鲁王毫无主见，而此时已无实力，于是反而斥责张岱。张岱十分痛心，悲愤之余便避居山中，发愤著书，过着“布衣蔬食，常至断炊”的清苦生活。他在《琅嬛文集卷一》的自序中对此有详细记述。张岱著作甚多，而其中《陶庵梦忆》和

[1] 周作人：《中国新文学的源流》，《周作人自编集》，第 30 页。

《有明于越三不朽名贤图赞》在鲁迅的日记中多次有所论述，是鲁迅比较喜爱的两部书。

《陶庵梦忆》是张岱的重要著作。全书八卷一百二十余则短篇小品文，长的有几百字，短的仅几十字，通过回忆往事，流露出他对昔日繁华的眷恋，也表现出一种亡国后的怀旧感伤情绪。这本著作中还详细记述了明末绍兴市民的生活情况和民间曲艺，很多资料有史实参考价值。鲁迅在《五猖会》中还全文引用了《陶庵梦忆》的“及时雨”一节。

黄裳谈张岱的文章较多，计有《绝代的散文家——张宗子》《张岱〈琅嬛文集〉跋》《关于张宗子》《张岱的〈史阙〉》《陶庵张岱》等。

在谈张岱的文章中，黄裳特别赞赏其散文功力。“张宗子是明末的一位杰出散文家和史学家。保留在《西湖梦寻》和《陶庵梦忆》里的一些篇章，可以说是已经达到散文特写极高境界的作品。”“《西湖梦寻》是这么一部浸透了浓烈的民族意识与爱国思想的作品，和《武林旧事》《梦粱录》比起来是有过之而无不及的。”[1]

在《绝代的散文家——张宗子》中，黄裳开篇明义：“生于明末的山阴张岱（宗子），是一位历史学家、市井诗人，又是一位绝代的散文家。”他指出：“《梦忆》的主要内容，就是张岱在《自为墓志铭》中所说的那些内容，是一个地主阶级大少爷的‘忏悔录’。它的价值所在，是给后世的读者留下了晚明社会生活一个侧面的真实而生动的速写、记录。这无论是《武林旧事》，还是《东京梦华录》，都无法与

[1] 黄裳：《陶庵张岱》，《来燕榭集外文钞》，第 495 页。

之相比的。张岱后来写下了《石匮书》，成为有名的历史学家，但他在写《梦忆》时，却没有写历史或地志的‘雄心壮志’，因而挣脱了那些传统的束缚。”在做了全面的定评后，黄裳从几个方面谈张岱作文的妙处：

一、“张岱实在是三百年前一位出色的‘新闻记者’，他写的那些速写、通讯、报告都是很短的，少者几十百字，比较长的如《扬州瘦马》也不过六七百字，却已将明末扬州的人肉市场的形形色色统统写了出来。”“他力图简洁，但显得平易；苦心铸辞，却不失自然。特别是他用这样短的篇幅，写出如此丰富、生动的内容，是值得佩服的。”之后黄裳介绍了张岱写出身于南京低级妓院的“朱市妓”王月生。他评价道：“张岱是秦淮河上的常客，他对这种生活是非常熟习的。但也只有他能在热闹中看出闲静，喧笑中发现眼泪。他有一双与众不同的敏锐的眼睛。”“像高明的漫画家一样，他一下子就抓住了事物的本质，而从中得出怎样的结论，则是读者自己的事。”这是黄裳结合自己的职业生涯，从新闻写作的要义看出张岱简洁文笔下事物本质的跃然而出。

二、张岱的写景文也独有特色。“张岱有许多写西湖的名篇。他的看西湖，也绝不与别人相同。《湖心亭看雪》一文说：‘崇祯五年十二月，余往西湖。大雪三日，湖中人鸟声俱绝。是日更定矣，余拿一小舟，拥毳衣炉火，独往湖心亭看雪。雾凇沆砀，天与云、与山、与水，上下一白。湖上影子，惟长堤一痕，湖心亭一点，与余舟一芥，舟中人两三粒而已。’湖心亭是许多人都去玩过的，可是有多少人看到过张岱这里描写的景色呢？描写西湖风景的人也可谓多矣，可是谁又曾用精练至极的笔墨如此凸显地勾画出山水的精英？张岱从不花费大量笔墨写风景，他写的风景又总是充满了动态生机的。”

三、张岱深通戏剧艺术的每个方面。“他家从祖辈起就养着戏班子，他的亲戚祁彪佳也是爱看戏并收藏了丰富剧本的戏剧评论家。《梦忆》中谈到演剧的文字不下十篇之多，中间有许多珍贵的戏剧史料，奇怪的是一直没有受到研究戏剧史的学者应有的重视。”如张岱在《陶庵梦忆》中，专有一节《阮园海戏》是描写阮大铖在戏剧和导演方面的才能。这是值得专门人士关注的。

四、黄裳认为张岱有极高的史学见解和文艺见解。张岱认为：“流传的正史是不完备的，于是‘为之上下古今搜集异书，每于正史事迹之外，拾遗补缺。得一语焉，则全传为之生动；得一事焉，则全史为之活现’。他这种为正史‘剔牙缝’的工作，是有效的。不只往往能揭出历史真相，也提高了文学感染力。他举出两例说明这种见解：‘苏子瞻灯下自顾，见其颊影。使人就壁摸（摹）之，不作眉目，见者皆失笑，知其为东坡。盖传神正在阿堵耳。余又尝读唐正史，太宗之敬礼魏征，备极形至。使后世之拙笔为之，累千百言不能尽者，只以“鹞死怀中”四字尽之。则是千百阙而四字不阙也。’这是很高明的文艺评论见解，他也在自己的创作中努力付诸时间了。这样做需要写作才能，是不待说的；但更重要的是对生活的深刻认识和反映现实的忠实态度，这些张岱也是做得好的。”[1]

黄裳的这篇文章从各个方面概述提炼了张岱作文的特

[1] 黄裳：《绝代的散文家——张宗子》，《银鱼集》，第9页。

色。正如钟叔河说："我尤其佩服他的《绝代的散文家——张宗子》，这真是'才、学、识'都臻极致的好文章，评述的重点虽在《梦忆》一书，称宗子为历史学家、市井诗人，却非有'得之于越东山中和丁氏八千卷楼'的宗子书稿和稀有刻本做底子，又下功夫研读过晚明文史者莫能为。他的文笔又极生动，如云：'张岱是秦淮河上的常客，他对这种生活是非常熟悉的，但也只有他在热闹中能看出冷静，喧笑中发现眼泪，他有一双与众不同的敏锐的眼睛。'又说：'张岱实在是三百年前一位出色的新闻记者。'均有颊上添毫之妙。"[1]

在解读了张岱的《自为墓志铭》之后，黄裳指出《陶庵梦忆》是一个地主阶级大少爷的"忏悔录"。"它的价值所在，是给后世的读者留下了晚明社会生活一个侧面的真实而生动的速写、记录。"[2] 黄裳对这位明末的历史学家、市井诗人、绝代散文家的为人与为文多有会心的体验与阐发，他的语言的冲淡与意蕴的深挚就深得张岱诗文的神韵。

在《关于张宗子》一文中，黄裳写道："宗子《自为墓志铭》，自论平生，极痛切率真，文字亦佳。我国文人之能为《忏悔录》如法兰西之卢骚者，乃更无第二人。"他比较鲜明地把张岱的创作依其生活轨迹分为两个时间段，一是年轻时的纨绔生活，一是家败后的追忆及慨叹。而他更看重的是后期，并给予张岱如此高的评价，这在选择上和鲁迅是更为接近的。

除了张岱，黄裳还比较关注吴梅村。"他生活的那个天

[1] 钟叔河：《说说黄裳》，《爱黄裳》，第 25 页。

[2] 黄裳：《绝代的散文家——张宗子》，《银鱼集》，第 3 页。

翻地覆的时代，他自己的平生际遇与充满胸中的啼笑不敢之情，吸引、迫使他写了许多记人、记事的历史长篇，给他的作品带来了史诗的色彩，同时也使他得免陷入宫体的陷阱。这不能不说是他的幸运。”“任何时代、任何作者，都不可能脱离时代政治而生活在真空里。因此在论文论人时，就不能孤零零地只看一个方面，那是无论有怎样良好的意愿、努力都得不出应有的结论的。对吴梅村当然不应该是例外。”

在关注晚明时，黄裳特别留意晚明士人所面临的诸多矛盾。在《祁承㸁家书跋》中，他对晚明士人复杂矛盾的人生样态有一个精彩的概括：“然心忧社稷而特避边才，笃志升迁而经营书帕，亦是晚明士夫之常态也。”随着明清易代之际人文生态更趋恶劣，由明入清的士人们面临着他们无法解决的矛盾，生死存亡的人生选择与夷夏君亲的伦理困境将他们置于道德的两难境地。正是由于对那个时代知识分子的身份及其境遇的真切了解，黄裳对张岱、余怀等移民，对钱谦益、吴伟业、张缙彦等贰臣，对徐灿、柳如是等名媛的人生际遇才别有会心。

在《〈拙政园诗余〉跋》中，黄裳剖析了陈之遴的“贰臣心曲”：“陈之遴在序文里写了一些历史事实，倒都实在的。不过却回避了‘世难去国，绝意仕进’的因由。至于怎样‘再入春明’，自然也以不提为妙。‘人事沧桑’及其结论‘能不悲哉’，大抵可以算得是明清之际文章中的一种公式了吧。正因为它是公式，所以谁都能用、能说，事实上也是谁都在用、在说的。但发出同样悲叹的人却相去如此天差地远，真是千奇百怪。不过马脚总是要露出的，‘兵革渐偃’，天子脚下也日以清宴’，可以舒眉展眼了；这时是顺治七年

（1650 年），明的遗民大抵都在疾首蹙额，或浴血战斗，他们难得有如此的好心情。”[1] 黄裳探幽烛微，在时人文章的公式套话中发现了陈之遴曲意回避的心迹，那“浓郁的悲哀气氛”再也无法遮掩贰臣的尴尬。

《拙政园诗余》是名媛徐灿的词集，黄裳发现了她的词风由脂粉气向兴亡感的演变。在《青玉案•吊古》中，徐灿将南明的覆灭归结为“人事错”，谴责了战败投降的败类。但到《风流子》一词，从技巧上看，更成熟了，从思想上看，“却从《青玉案》已经达到的高度退却了，或者说，是采取了更为迂回婉转的路径。这和词人的生活环境是紧密相关的。她这时已是‘相国夫人’，追随新贵的夫婿在北京过着优裕、闲适的生活。但她还是无力摆脱眼前的现实，更无法改变自己的信念。她不曾直白地抗议陈素庵的所作所为，不过这是不应责之于一个封建社会的女性的。但‘悔到瀛洲’这样的句子，确已相当明显地表示了她的不满。在她这时的作品里，充满了一种啼笑不敢之情”。[2] 黄裳在此以诗证史，借徐灿的诗词说出了明遗民的典型心态，即“啼笑不敢之情”。

黄裳对晚明和明清之际的名士才媛具了解之同情，但在历史人物评价方面，黄裳认为“从全局论定人物的功过，也多少能摆脱同时人不可避免的强烈的爱憎感情，达到更为平实的结论”。[3] 这使他得以超越“朴素的感情”，对历史人物作出实事求是又别具格调的评价。

[1] 黄裳：《翠墨集》，第 31 页。

[2] 黄裳：《翠墨集》，第 33 页。

[3] 黄裳：《银鱼集》，第 108 页。

第二章　现代作家品藻

黄裳开始买旧书，“是从新文学书的原刊初版本开始的。‘八一三’战起，在我家的附近就是徐家汇的旧街，土山湾封锁线近处有一家旧纸铺，每天都从那里流入的大量旧书报中秤进可观的‘废纸’，转手进入还魂纸厂。每天课余我总要到那里看看，用戋戋的点心钱选买零星小册，乐此不疲。鲁迅、周作人、郁达夫……的著作，都得到初版毛边的印本。最不能忘的是竟收得全套的《小说月报》，实在是难得的机遇。”[1] 从买书开始，黄裳开始对现代作家给予密切关注，写下了多篇现代作家谈。

一、周作人

作为当代文坛著名的散文家，黄裳在很长时间内被和周作人联系在一起，如 1982 年 2 月，黄裳的书话集《榆下说书》由生活•读书•新知三联书店出版，他赠书给钱锺书，钱锺书看了后在给黄裳的复信中指出其“深得苦茶庵法脉，而无其骨董葛藤酸馅诸病，可谓智过其师矣”。

2001 年孙郁在《当代文学中的周作人传统》一文中首

---

[1] 黄裳：《黄裳书话•选编后记》，第 352 页。

次提出“周作人传统”，“相比于鲁迅传统、胡适传统，周氏的传统更多体现在文人的书斋里”。“钱锺书在文章中批评过周作人的文体枯涩，以为其引文过多，掉到书袋里去了。但钱氏著书，也喜连缀古文，情致亦有与周氏暗合之处，读《管锥编》时，我便想起《药堂语录》《谈虎集》来，一些史学观，也颇为接近。另一位一直对周氏耿耿的孙犁，晚年撰文，不知觉间，也滑到知堂小品的路径上去，想一想觉得有趣得很。我记得孙犁抨击周作人如何可耻，对其附逆于日本侵略者深恶痛绝，但道德上是一回事，审美上呢，是另一回事。在《书衣文录》和《远道集》等随笔中，我还是看到了他与周氏兄弟的相近处。孙犁不会承认此点，但在艺术品格上，我仍把他视为周氏传统下的特别的存在。”“尤其黄裳，谈版本目录，颇似明清文人，文字的组合，也略仿知堂，以致钱锺书致信黄氏，云其有知堂韵致。”[1]

此后，将黄裳与周作人联系起来的论断绵绵不绝，计有汪成法《黄裳散文与“苦茶庵法脉”》（江苏教育学院学报（社会科学版），2008 年 5 月）、黄波《 知识人该怎样清理历史旧账 ?——从黄裳先生的《集外文》说起》（社会科学论坛（学术评论卷），2008 年 10 月）、赵普光《从知堂到黄裳：周作人书话及其影响》（福建论坛（人文社会科学版），2009 年 10 月）等。

就学界的这种看法，黄裳自己一直持否认态度。如他对钱锺书说法的回应是：“他指出了我受了周作人散文的影响，也自是一种看法。知堂的文字我是爱读的，但不一定亦步亦

[1] 孙郁：《当代文学中的周作人传统》，《当代作家评论》，2001 年第 4 期。

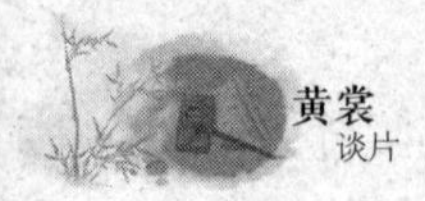

趋。他所指出的那些缺点，也正说中了周作人文章的缺失。相比之下，鲁迅晚年杂文中如《病后杂谈》《题未定草》却正是我衷心向往而无从追蹑的典范。”也就是说，如果真是有着鲁迅传统与周作人传统的话，黄裳自认为是属于鲁迅传统的，最起码也是较为认同而“衷心向往”于鲁迅传统的。

在他去世后，学界又有些折中的说法，如孙郁提出黄裳的文章“介于周氏兄弟之间”[1]。黄裳到底是传承着周作人的文脉还是更倾慕鲁迅，或者是居于二周之间？这是需要细致梳理辨析的问题。

据粗略统计，黄裳直接或间接谈论周作人的文章计有近20篇，写作时间从1941年[2]到2010年，基本贯穿了他主要的创作时期。文章数量如此之多，持续时间如此之长，在黄裳的现代作家谈中是非常独特的。综观这些文章，从写作时间和谈论内容来看，可以大致分为四个阶段：第一个阶段为1946年之前，文章有《读书日记》《读知堂文偶记》《读〈药堂语录〉》《关于李卓吾——兼论知堂》（后三篇均发表于《古今》）。第二个阶段为1946年，写有《更谈周作人》《老虎桥边看知堂》两文。第三个阶段集中在20世纪80年代，相关文章有《老人的胡闹》（1982）、《〈别时容易〉续篇》（1983）、《周作人的三本散文》（1988）、《关于〈知堂集外文〉》（1988）、《关于周作人》（1989）等。第四个阶段为21世纪以来，谈到周作人的文章有《我的集外文——〈来燕榭集外文钞〉后记》（2004）、《漫谈周作人的事》（2008）、《关

[1] 孙郁：《汪曾祺与黄裳》，《书城》，2013年第9期。

[2] 最早谈论周作人的一篇大概作于1941年，见《来燕榭集外文钞》的《读书日记》中的“＊月十八日”。此文谈的是周作人的《谢本师》一篇。

于止庵》（2010）、《鲁迅 • 刘半农 • 梅兰芳》（2010）、《巴金和李林和书》（2010）、《来燕榭文存二编 • 后记》（2011）等。从四个阶段文章的内容来看，每个阶段所谈重心不一，体现出黄裳在不同时间段对周作人不同的认识和评价。

第一阶段：把握周作人散文特色

1943 年周黎厂在《古今》周年纪念号上发表了《一年来的编辑杂记》，其中有大段文字提到了黄裳：

在这里，我要补充一个《古今》初期那位帮忙最多的作家了。这位作家是一个名不见经传的角色，我无须在这里提出他的尊姓大名，所谈的只是他的文字和他与《古今》的关系罢了。他的年龄很轻，到今天总还不满二十五吧，而且更出奇的，还是一位最著名大学中电机工程科学生，然而读书之多，文字之好，不独我自愧不如，即在今日上海文坛中，不论成名与未成名的，也很难和他颉颃。然而能够赏识他的人，却实在不多，我在《宇宙风》编辑时代，他已经用各种笔名写文章了。《古今》决定要办，我想只有他最有用处，经过几度的接洽，他便答应写了。但是条件却非常的多，稿费之类，总是斤斤较量，一些不留余地。我极力忍耐，请他帮忙。所以因为交稿付款的关系，我们常常见面，但是我们始终不成为朋友。他的行踪，似乎有些诡秘。而且我看得出，他并不十分看得起我，他替我写文，只是卖文而已，绝对没有因此而成为朋友的意思。然而我还是看重他的文章，不独私衷钦佩，而且还到处为他延誉。我自认自己是有些傲骨的，平时为人少许可，独有对于他的文章，却五体投地得自叹不如。因为多产的缘故，他有时也不免抄旧书，但也不

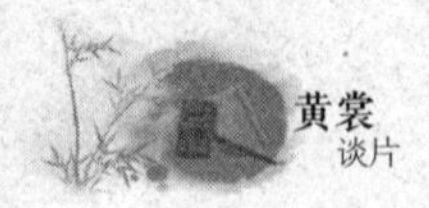

着痕迹，其聪敏和才华，真是难得得很的。

他似乎很厌弃上海，常常说要走，但又常常不走，结果是一声不响的一走了之。好久之后，一位朋友去向他讨所借的书籍，已是人去楼空了。我觉得很寂寞，像这样奇特的朋友，在我是不曾有过的，我想起他的时候，真觉得有些茫然，好像庐山一样，我始终不曾知道他的真相。

到最近，他才从途过徐州的时候，给我一张名片，寥寥几个字，又不着地址，使我无从回信，但因此，方使我知道他已北上了。

他在《古今》所写文字的笔名很多，如南冠、楮冠、鲁昔达、何戡、吴咏、韦禽之类，都是他的，《古今》虽时有名角登场，但要说谁是主要的班底，使《古今》造成今日的风格，不用说，便是用着许多笔名的他了。[1]

1941年后，当上海被日军占领之后，进步文人渐渐无法容身，黄裳与黄宗江等几个友人决定结伴转移到大后方重庆去。可是，黄裳当时是父亲新逝，家境困难，没有旅费。正当走投无路之际，周黎厂出现了，说是正在筹办一个刊物，要广泛征稿，稿费从优，还极力敦促黄裳多写。黄裳清楚地知道，在当时日伪当政的形势下，要办新刊物，其背景不问可知。“忽然抖了起来的黎厂，意气风发，一反过去的落魄颓唐。他当然不肯说出其中的奥秘，但我明白，这样的朋友是惹不起的，但又躲不开。”对一度靠卖文为生的黄裳来说，也曾托可信赖的朋友试过投一些稿子以筹措川资，但

[1] 黄裳：《我的集外文——〈来燕榭集外文钞〉后记》，《来燕榭集外文钞》，第508页。

是一无所获。而这边的周黎厂却逼稿甚紧，于是，黄裳下了卖稿的决心："当时年少气盛，不免有点狂，气闷之余，就想如能从敌人手中取得逃亡的经费，该是多么惊险而好玩的事。"就这样，黄裳赶写了一批文史方面的杂文随笔，交给了周黎厂，他才得以与黄宗江在"一·二八"周年之际离开上海，于 1943 年年初抵达重庆。随后，周黎厂办的《古今》杂志就创刊了，黄裳的文章也陆续在杂志上刊出。黄裳说："在《古今》上发表的那些文章，都是在短时期中赶出来的。初不及料，竟开了一种风气。在沦陷区，能有这样一份专谈旧人往事、掌故佚文的刊物也不坏。等到抬出了伪府渠魁，杂志因之而更加红火，图穷而匕首现，狐狸尾巴终于露了出来，我最初的怀疑也得到了确证，原来这一切都是题中应有之义。"[1]

黄裳与《古今》的这段因缘，到了晚年被一些人再度拿出来，成为聚讼的题目，引发了文坛的论战。世事沧桑，以平和的心态看，我以为年轻的黄裳是聪明的，他充分发挥了自己识古善文的长处，基本不涉政事，徜徉在历史的河流中，谈史谈书谈掌故，在动荡的年代达成自己的所需。当然也要看到，他发表于《古今》的 21 篇内容多为古籍、历史政治人物或历史风云的文章中，有 3 篇是谈当代人物，且均以周作人为对象。这既表明黄裳对周作人的关注，也实在说明他对《古今》的背景是完全知晓的。黄裳在 2004 年谈到此事时说："关于《周作人》，在《古今》上竟留下了三篇文字。"其原因是："当时周作人刚刚落水，成为轰传一时的新

[1] 黄裳：《我的集外文——〈来燕榭集外文钞〉后记》，《来燕榭集外文钞》，第 509 页。

闻人物，当然也是我们的关注所在，特别是几位从北平来沪的燕京学生，在DD’S咖啡馆闲聊中也多以此为话题。我们对周还抱着‘卿本佳人’的惋惜之感，特别留意他出版的几本新书。看见他怀念陆放翁的打油诗，对炒栗子故事的再三提起，觉得他很有点像吴梅村，却远不及梅村反省得爽直痛快，正如他自己所说，好像有虫在心里蛀似的。”[1] 这个理由是60年以后的追记。当时刚刚二十出头的学生黄裳为何如此关注周作人，还是需要我们回到他当年的文章，去查找细枝末节。

《读知堂文偶记》发表于《古今》第六期，署名默庵。在此文开篇黄裳即说道：“几年来陆续买读知堂所著书，也常在旧书摊上搜到初版各本。……总算起来，大大小小，已经有三十册左右了。每常翻读，觉得有一种乐趣。……我所喜欢的还是散文。自《看云集》《夜读抄》《苦茶随笔》《苦竹杂记》以次，直到《瓜豆集》《秉烛谈》，都为我所爱读。”早在读中学期间，黄裳就在老师的影响下开始购买新文学作品。20世纪30年代，还是少年的他就总是把家里给的一点点点心钱花费在购买书籍上。黄裳将周作人的著作作为他收藏的对象，表明他对周作人的关注由来已久。在《读知堂文偶记》中，黄裳重点谈及了《泽泻集》《夜读抄》《苦茶随笔》《苦竹杂记》等集。特别提到《姑恶诗话》《钱玄同纪念》等文，并指出周作人作文的特点之一为沉痛。之后他从题材入手谈到周作人作文常涉猎社会文化人类现象，指出其文章特点之二为诙谐。在结尾处，以《周作人

[1] 黄裳：《我的集外文——〈来燕榭集外文钞〉后记》，《来燕榭集外文钞》，第509页。

书信》为例，指出其作文特点之三为自然。在这篇文章中，黄裳带着对周作人文章浓厚的钦佩之情概括出了周作人后期散文的基本特点。

《关于李卓吾——兼论知堂》发表于《古今》第十八期，署名南冠。此文虽从李卓吾入手，但重点关注的是周作人落水的思想根源。黄裳认为“七七”以前，周作人并非没落，“只要看知堂在《苦茶随笔》中有那么些剑拔弩张的文字即可知道他实在并不消极”。而之后的选择，主要的原因在于：“周氏盖是东方漆黑的定命论者。”[1]《读〈药堂语录〉》发表于《古今》第二十、二十一期，署名南冠。这篇文章作于他即将离沪入蜀之时，在战争大环境下少年老成的心态、即将开始的旅愁、对前途的渺茫之感，都影响着黄裳对《药堂语录》的体悟。所以他特别感受到知堂作品渗透着“一种末世的哀愁”[2]。读《中秋的月亮》，“不禁感到一股深深的冷气，仿佛看见了那代表定命论者所信的命运的黑幡”[3]。

这三篇文章中对周作人没有谴责之意，更多是钦慕理解甚至是为其辩解之意。在举国抗日的背景下，对落水的周作人如此青睐，不能不说黄裳一直以来都很重视、膜拜周作人，所以当偶像出现问题时，必然会控制不住谈论。但是他的论说主题和当时左翼阵营的不太一样，不是从道德人心入手，而是沉浸到艺术领域，细读其文，细致品味周作人文章的艺术特色。“沉痛、诙谐、自然”，这是黄裳对周作人散文特色的整体把握，这样的认识使其成为国内较早把握周作人

[1] 黄裳：《关于李卓吾——兼论知堂》，《来燕榭集外文钞》，第 183 页。

[2] 黄裳：《读〈药堂语录〉》，《来燕榭集外文钞》，第 173 页。

[3] 黄裳：《读〈药堂语录〉》，《来燕榭集外文钞》，第 179 页。

后期散文特色的论者。

就周作人的附逆缘由，黄裳提出“漆黑的定命论”，从这个角度解释周的落水原因应该也是比较早的。周作人曾写道：“我最喜欢读《旧约》里的《传道书》。传道者劈头就说，‘虚空的虚空’，接着又说道，‘已有的事后必再有，已行的事后必再行。日光之下并无新事’。”[1] 在《闭户读书论》中又重申：“老实说，我虽不大有什么历史癖，却是很有点历史迷的。我始终相信《二十四史》是一部好书，他很诚恳地告诉我们过去曾如此，现在是如此，将来要如此。”[2] 因此，周作人从 1928 年的《闭户读书论》到《读〈东山谈苑〉》，其“苟全性命于乱世”，“不辩解”、沉默的姿态是他的自我选择。到了 1944 年，周作人在《灯下读书论》中说自己“只有暗黑的新宿命观”，认为是“为自己的教养而读书吧。既无什么利益，也没有多大快乐，所得到的只是一点知识，而知识也就是苦，至少知识总是有点苦味的”。知识是有“苦味”的，这的确是真知灼见。也可想见周作人的苦雨、苦茶、苦住，都是围绕一个“书”而展开的。在书籍中，他看到了历史，努力地思考，也体味着苦涩与寂寞，以至于他把这作为了人生的要义，作为了最正经的职业，并坚守着职业的操守，除此的其他，不过是做戏、游戏罢了。在民族大义上，周作人的确是道德有大大的污点。但是从他个体来讲，他又是在一直忠实地实践着自己的思想，浸淫在自己的世界里。这是一类知识分子的选择。耽于自己的小世界，构筑自己的小宇宙。这个小世界、小宇宙不是简单的风

[1] 周作人：《伟大的捕风》，《周作人自编集·看云集》，第 53 页。

[2] 周作人：《闭户读书论》，《周作人自编文集·永日集》，第 123 页。

花雪月，而是其呕心沥血的结果。

所以从这个角度来说，黄裳的分析的确是走近了周作人。黄裳写作这些文字时刚刚二十出头，却能如此深解周作人，大概有几个方面的原因。首先，作为藏书家，黄裳从青年时代就开始阅读、收集古书。浸淫于古书中，同时对传统题跋文的喜爱之情使得他对周作人后期主写的“看书偶记”兴趣更浓。其次，黄裳对周作人文章的体认和他在时代下的个体体验是分不开的。20 世纪 40 年代初，国难家仇的大时代下，形如飘萍的黄裳过早地感受着历史的沧桑与无常，感受着方回“每重九日例凄苦，垂七十年更乱离”诗句中的沉痛心情。个体在政治变动中的无力感，知识分子和现实的疏离感，使得年轻的黄裳与周作人的文字相遇后达到了共鸣，以至于他给《古今》投稿的调子就定在“白发宫女话当年”。这既是一种偏好，也是那个时代对一个普通的小知识分子来讲比较明智的选择。

第二阶段：道德的批判

在黄裳谈周作人的文章中，情绪最为激烈、最直接表达其反感之情的文章是《更谈周作人》和《老虎桥边看“知堂”》两文。

《更谈周作人》一文发表于 1946 年 8 月 6 日的《大公晚报》，署名黄裳。后收入《锦帆集外》。在此文中，黄裳总结出周作人让他不愉快的三点：自称不打诳语的周在法庭上为了自我辩解说谎话；周作人自我表白对沦陷区文化的保存；自以为风雅其实丑陋的表现。同时，黄裳指出：“周作人闭户读史的结果，对中国的看法是悲观是黯淡，这是他的命定的悲哀。”这也是承接《古今》上的文字，对其落水的

一个解读。在文末，黄裳写道："过去曾经有不少人以周作人方之陶潜、庾信、吴梅村，引起了争辩。这当然是不会全同的。然而他们的境遇是相类的。心头上也都有一种'啼笑不敢之情'，'好像有虫在心里蛀似的'。自《李陵答苏武书》开始，这一类文学在中国历史上占了颇大的分量，而周作人是结末的一个。"[1] 这是黄裳首次将周作人与庾信、吴梅村放在一起看待，到了 20 世纪 80 年代，他将这类文章冠以"贰臣文学"之名。

《老虎桥边看"知堂"》是黄裳的一篇名文，也是黄裳创作中被评述较多的一篇，作于 1946 年 8 月 27 日。这篇文章讲述的是身为记者的黄裳去监狱中采访周作人的经过。在这篇文章中，比较引人的有几个方面：一是对周作人外貌的描写。这是作者第一次见到周作人，除了简单形象的描摹后，黄裳特别另起一段："与想象中不同的是没有了那一脸岸然的道貌，却添了满面的小心，颇有《审头刺汤》中汤裱褙的那种肋肩堆笑的样儿。"在这段文字中，引人注目的是两个词："道貌岸然"和"肋肩堆笑"。这两个词的使用的确让人讶然，与《古今》中文章的用词、用情完全背离。二是自说不能免俗，求周作人写点东西。周写下了一首近诗，而"风貌不寻常"让黄裳"只觉得这个'老人'的愈益丑恶而已"[2]。结尾处看到周作人的狱中生活，笔触又往回收："那情景真已是够凄惨的了。"同样在这篇文章中，许多细节部分都透露出黄裳对周作人一直都是非常关注的。

[1] 黄裳：《更谈周作人》，《来燕榭集外文钞》，第 275 页。

[2] 黄裳：《老虎桥边看"知堂"》，《锦帆集外》，《黄裳文集 • 锦帆卷》，第 221 页。

比如对《苦雨斋打油诗》的熟悉；剪存《日本管窥之四》都让周作人很惊异。

这两篇文章一改上个阶段的同情钦慕之情，转为对周作人的失望和嘲讽。木山英雄曾讲道："黄裳的名字，时常以重庆通讯和驻防美国兵观察等通讯记事的作者出现在《周报》上。'事变'爆发时乃是北京的学生，后来奔赴抗日地区，做过军队的英语翻译等而跑遍了各地。他的确有些当时记者的风格，关于周作人的事情，关键之处往往以剑拔弩张的言辞予以断罪，但同一时期所写的另一篇文章《更谈周作人》中，记述了在北京读到《玄同纪念》时，觉得这才是他文章的顶峰，曾与一位朋友反复赞叹的往事，仅据此就知道黄裳对主人公周作人的关注绝非一般。"[1]

黄裳态度转变得如此激烈，其中原因推敲起来，大概有几个层面，一是心目中的老作家出现了严重的为文、为人的错位，即使秉持着"漆黑的命定论"，但也是艰难时代的一种应对方式。而在法庭的自辩打破了过去"一说便俗"的坚守，想象中的侠士风姿陨落了。二是要考虑到黄裳此时的身份和心境。20 世纪 30 年代本来对未来、爱情充满着迷幻似的梦，突然抗日战争爆发，于是他只能随校迁徙，旅途的辛劳、学业的不定、前路的茫然让年纪轻轻就感受到方回诗句中的沉重。之后担任了美军翻译，在炮火和鲜血的洗礼中，"才发现在课堂里是绝不可能得到这样丰富的知识的，……

[1] [日] 木山英雄著，赵京华译：《北京苦住庵记 中日战争时代的周作人》，第 232 页。在这段话中，木山英雄提到了黄裳这个阶段写的两篇文章，在后面还引用了《老虎桥边看"知堂"》。虽然他对黄裳经历的表述存在一些错误，如黄裳读书在天津、上海，而与友人赞叹周作人文章时在上海。但木山英雄的直感就是黄裳非常关注周作人。

感情一下子变粗了”。抗战结束后，在柯灵的介绍下进入《文汇报》，开始从事记者工作。记者奔波在时代的前沿，更是要及时、前瞻时代的风向。有着如此经历的黄裳变得更直面现实，更为激进了。所以，他的这两篇批评周作人的文章与第一个阶段的文字形成了鲜明的对照。

第三阶段：思想根源的考查

20 世纪 80 年代后，周作人逐渐进入了研究者的视野，并出现了“周作人热”。而黄裳在再度拥有写作权后，周作人依然是他笔下谈论的重点。这个阶段他的谈周文字表现出两面性，一方面其批判态度明朗，如《〈别时容易〉续篇》一文中黄裳义正词严地说周作人从“五四”走到 20 世纪 30 年代那一段过程，是他“晚节形成的准备阶段，也是一个人的头脑从清醒趋向昏愚终致‘僵化’腐烂的过程”。这样的断论完全符合 20 世纪 80 年代初社会对周作人的评价。但另一方面，他又指出“周作人不过是碰上一个大时代，做了一阵子特别规格的两面派，经受了特殊的痛苦”[1]。写下如此文字，不能不承认，大概在灵魂的深处，黄裳对周作人是有同情的、理解的。

这个时期，黄裳在周作人落水原因的探寻上又提出了进一步的思考。如在《关于周作人》一文中他进一步指出周作人落水“更重要的原因则是他对抗战前途的漆黑的预测，也就是对国家民族已经失去了信心”[2]。同时黄裳还特别关注到周作人在暗黑的宿命观下安然存活下去的思想支撑——“道义之事功化”。

---

[1] 黄裳:《〈别时容易〉续篇》,《珠还记幸》,《黄裳文集·珠还卷》,第 174 页。
[2] 黄裳:《关于周作人》,《读书》,1989 年第 9 期。

1945 年 11 月 7 日，周作人作《道义的事功化》一文。在此文中，周作人写到所谓的“道义之事功化”就是“要以道义为宗旨，去求到功利上的实现，以名誉生命为资材，去博得国家人民的福利，此为知识阶级最高之任务”[1]。周作人的这种说法“可视为他对自己沦陷期间出任伪职的理论上的辩解”[2]。在此基础上，黄裳更进一步，认为正是周作人把“道义事功化”作为知识阶级应守的准则，从而缩回到“自筑的坚固的内壳”，去“取得心理上的平安与平衡”，这就造成了他的双重人格，即把“关起门来致力于‘国家治乱之源，生民根本之计’的思索”认为是正经工作，而“做敌伪的贵官，登台检阅，晋京朝拜……一律都是一种‘游戏人间’的姿态，并不妨碍他自己的胜业”。这就导致了中国知识分子的一种特殊的历史性格的“相”，成为“中国知识分子历史性格中的一种致命的痼疾”[3]。

这样，黄裳将周作人的表现与中国知识分子的历史性格联系在一起，提出了“贰臣文学”的说法（见于《〈别时容易〉续篇》）。这个说法的提出，和黄裳长期对晚明的关注和研究是一致的。

他将这些人物和周作人勾连起来，指出：“凡是出卖或背弃了自己过去一直持有的信念，为了卑鄙的个人目的，或投降敌国或在邪恶面前屈膝，卖论取官，不知羞耻，都是属于同一范畴的历史现象。这样，广义的‘贰臣文学’就更加

[1] 周作人：《道义之事功化》，《周作人自编集·知堂乙酉文编》，第 79 页。

[2] 张菊香，张铁荣：《周作人年谱》，第 520 页。

[3] 黄裳：《关于周作人》，《读书》，1989 年第 9 期。

值得注意。"[1] 止庵指出：周作人不属于"贰臣文学"这一系列。笔者以为周作人和黄裳举出的那些人物是有不同的。周作人的作品很少有站在民族角度的故国之思，虽有黍离麦秀之感，但似乎更意淫的是那种氛围。有时命名与其内涵是不一致的。黄裳之所以以"贰臣文学"命名周作人的文章，他看到的更是周作人内心的一种挣扎及挣扎之后的无奈，如他认为周作人在 1937 年 8 月写下《野草的俗名》一文，"其实这正是周作人内心极不平静的一种表现。他是用这种方法来掩盖、排遣、压抑绝不平静的内心激荡的"。内心激荡而行动缺失，甚至投敌落水而无丝毫悔意，诗文中的禾黍之感、哀苦之感传达出的双重人格的确引入注目。那么从这个角度上，黄裳如此的命名又是有道理的。

就黄裳而言，在大义、正义面前，他更以"气节"检验个人的品德情操。如在《不死英雄——关于张缙彦》一文中直指知识分子在面对社会出现大变动时的选择，指出持守气节的重要性。文字激越、气势逼人，充满凌厉之气。黄裳的这种坚守和周作人的"不是做一死了之的不负责的英雄，不是做一走了之的嘴上君子，而是忍辱负重，讲求事功，与敌人虚与委蛇，宣传中国文化，抵制敌人奴化教育的现代苏武"[2] 的所谓辩解形成了鲜明的对照。

同样如《西泠访书记》，黄裳讲述了他到坐落于西湖的浙江图书馆访柳如是的《戊寅草》，经过多番波折，"过了二十多年，几经努力，终于还是看不成一本小册子的始末"。但他并没有停留于一己的嗟叹，而是回顾了"四人帮"时期

[1] 黄裳:《关于周作人》,《读书》, 1989 年第 9 期。

[2] 黄开发:《人在旅途》, 第 63 页。

对待善本的问题并对目前保存善本提出了个人的意见。黄裳如此的写法被一些学者认为是“代表集体说的，这时的他也就丧失了自己”[1]。但笔者以为，这恰恰是黄裳精神之所在，是他怒其不争的直接反映，在文字的通脱后面浮现出的是作家严肃的思考，体现的是他对时代的关心。这在价值的取向上和鲁迅的为青年写作，不惜呐喊助威是一致的。

究查这个阶段黄裳对周作人的论说，大致有几方面的原因：一是黄裳在“文革”中遭受了极大的磨难：被停职、转换工作、下放劳动、藏书被全部收走，种种打击在黄裳的内心产生了很大的波澜。在《十年旧梦》一文中他做了深刻的反思，提出自己走过了从奴隶走向奴才，又“逐步从奴才境界中抽身，向奴隶转化”[2]的道路，并认为“阿 Q 气与人的尊严是不能相容的”。这自然使他和鲁迅的精神、气质更为相和一些。二是“文革”后，黄裳和巴金关系非常密切。他评价《随想录》是“一本真实的书，又是一本悲壮的书”[3]。同时巴金对周作人的批判态度，对他痴迷于古书的不赞同都影响着黄裳对周作人的看法。

第四阶段：杂说作人

20 世纪 80 年代后，黄裳发表了《榆下说书》，钱锺书在浏览过此书后，将周作人指为黄裳之师。此种说法的由来在于周作人一生中也写过大量的读书札记。但是“周作人读书，是以纯粹的静观的姿态出现的。读他的文章，可以想象

[1] 止庵：《我看黄裳》，http: //blog.sina.com.cn/s/blog_494a034101009mhc.html。

[2] 黄裳：《十年旧梦》，《黄裳自述》，第 25 页。

[3] 黄裳：《思索》，《黄裳自述》，第 15 页。

出他在幽寂的书屋里悠然恬淡地品书论道的情景。这一点不像鲁迅，他缺少鲁迅的冲动与入世，倒格外像一个职业的学者，除了书道之外，不旁骛外界”[1]。黄裳写读书记则不限于所读书本身，而是要从古籍中所记载的内容来对照历史和现实：“往往是并非无病呻吟之作，所记的事实、所发的感慨也都带有时代的声音与遗痕。这就使它们在成堆的朽骨中间散发出耀眼的光芒。”[2]

21 世纪后，写作理念和思考方式的渐趋不同，使得黄裳在很多地方都强调自己与周作人的不同。首先，他对周作人的博览提出了异议：“其实，无论怎样有高名的大师宿儒，其学养都有其局限，切不可持盲目崇拜的态度。”他认为就中国古文献的浩瀚来讲，周作人不过是“读书的方面较宽、见书较多而已”。而且，知堂晚年读的多为清人笔记，多数没什么价值。对于明清易代的作品，“他见过的寥寥数种而已”。其次，他明确指出自己和鲁迅的相合：“二周都是我爱读的作者，但我敬重的是鲁迅。”[3]“鲁迅晚年杂文中如《病后杂谈》《题未定草》却正是我衷心向往而无从追蹑的典范。”[4]

21 世纪黄裳没有专文谈周作人了，基本上是以周为题而写的些打架文章，如《漫谈周作人的事》（2008）、《关于止庵》（2010）、《鲁迅·刘半农·梅兰芳》（2010）、《巴金和李林和书》（2010）、《来燕榭文存二编·后记》（2011）等，其中比较明确表达出对周的看法的是《我的集外文——〈来燕

[1] 孙郁：《鲁迅与周作人》，第 309 页。

[2] 黄裳：《榆下杂说·后记》，第 292 ～ 293 页。

[3] 黄裳：《我的集外文——〈来燕榭集外文钞〉后记》，《来燕榭集外文钞》，第 510 页。

[4] 黄裳：《故人书简》，第 164 页。

榭集外文钞〉后记》。在此文中，他再次重申“周作人是个具有双重人格的人”，同时强调周“独立思考的宿志依然存在”。可以说，在这个阶段，黄裳是非常冷静客观地谈论周作人，认为读书与观人是不能混为一谈的两码事。他更深入地理解周作人文章的深意，同时也更不认可其所走的人生道路。

从上述黄裳的周作人论来看，不仅为学术界的周作人研究贡献了积极的研究成果，同时我们也能从中看到黄裳自己的心路历程。

二、其他作家的品藻

从中学时代起，黄裳就开始收藏新文学作品，之后又由于记者职业，不仅在文字中讨生活，更让他和当时的文化界建立了密切的联系。因此，我们看到在黄裳笔下，有多篇谈论现代文学作家的文字。这些文字创作年代不一，从作家20多岁开始，但是读来不仅见解明确，而且颇有味道。同时，在20世纪40年代末，黄裳曾经有个大举动：“前天忽然得到通知，说是又有一些抄去的书物要发还给我了。……这次的清单上写着有一般书十二种和几十张纸片。……那些‘纸片’，当我最初拿到手中时，几乎不能相信自己的眼睛，这就是我曾在别的地方说起过的三十多年前搜集的名人墨迹。原来的打算是积有成数以后在自己所编的副刊上制版连载，这计划终于未能实现，收集的墨宝却已有了不少，就一起夹在一本《续古逸丛书》本的《梅花喜神谱》里。十多年前被抄去以后，一直没有下落，真猜不透何以通过这条渠道又回到自己手中。检查一下，不少张已经不在了。……许多年来，对于人的评价，是曾大起大落过若干次的。我最初收集的这些墨迹，原也没有一定的标准，也不存在一条严格的界限。只要是师友、文化界有成就影响的人物，都在搜罗之列。”[1] 当年的美好想法，虽然没有实现，但是这些墨迹一方面成为“文献”，另一方面也促使黄裳对这些师友、在文化界有影响的人物做认真关注，就为我们留下了关于作家、文学的品评。

1. 唐弢

在唐弢去世后，黄裳写了《悼风子》一文：“最先留心收集新文学史料，为研究奠定了基础的，是阿英。但注意新文学出版物的版本，系统地加以评论记述的，则不能不首推风子。今天已成为显学的新文学史料研究，继起者的业绩在许多方面已超过了前人，但《晦庵书话》仍有其历史地位，是这一学术领域的开山之作。作为散文，“书话”这一形式也是值得注意的。以简短的笔墨，记事抒情，作者继承的是古老的优秀文学传统，使人想起的是陆游的“放翁题跋”和黄荛圃的藏书题识。回荡多姿却无空疏之病；网罗遗事，不离时代风云。所记三十年代前后反动派对革命书刊的封锁、扣留、禁毁与文化界进步力量的抗拒斗争，都是文化史上不可磨灭的大事，也形成了《书话》触目的特色。”

唐弢（1913 － 1992）是中国现代文学史上重要的杂文和散文作家，是鲁迅研究的奠基人之一和海内外公认的权威学者。作为中国现代文学研究的开拓者之一，他在多方面有突出的建树，尤其在书话创作方面，可以说是系统地谈新文学版本的第一人。唐弢的书话不仅独具特色，而且产生了极

[1] 黄裳：《珠还记幸•小引》，《黄裳文集•珠还卷》，第 20 页。

大的影响。可以说，只要提到书话，就必谈唐弢的《书话》和《晦庵书话》。他的书话带动了其后一大批书话作品的出现，使得书话日益展现出繁荣的局面。

很多作者都提到过唐弢书话对他们的影响。赵景深于1946年在《上海文化》中以《书呆温梦录》为题，发表了一组现代文学书话。他在文后赘言："晦庵的书话极富于情趣，有好几篇都是很好的絮语散文，意态闲逸潇洒，书话本身就是文艺作品。我因为喜爱它们，便每天从《文汇报》上剪下来保存。"[1] 散文家何为承认自己的作品近乎晦庵的书话，记叙与抒情兼而有之。他说："我是《书话》的热心读者，同时又是《书话》散文的拙劣临摹者。"[2] 姜德明真实地叙述了他在唐弢书话的引导下走上了研究新文学的正确道路："到了40年代中后期，突然发现唐弢先生写的关于新文学的书话，一下子顿开茅塞，好像找到了一位引我入门的老师。我羡慕他的藏书丰美，那些充满魅力的版本一直诱惑着我。我采取的是笨办法，循着他书话中提到的书一一去搜访。读唐弢的书话，打开了我的眼界，如读一部简明的新文学史。"[3] 徐雁"不意在读了1979年由北京三联书店增版了的《晦庵书话》以后，自己居然反其'道'（"书可遇而不可求，书可爱而不可嗜"——笔者注）而行之，竟一度嗜之求之，并因此开启了自己的藏书爱好"[4]。王稼句在《晦庵书话》出版后

---

[1] 姜德明：《现代书话丛书（第二辑）• 序言》，第2～3页。

[2] 何为：《〈小树与大地〉自序和后记》，《何为散文选》，第405页。

[3] 姜德明：《现代书话丛书 • 序言》，第2页。

[4] 徐雁：《书话因缘（代序）》，《秋禾书话》，第1页。

是“一册在握，翻读不辍”[1]。

唐弢的书话不仅在内地产生了巨大的影响，甚至波及香港。黄俊东和林真就是在唐弢书话影响下成长起来的新人。唐弢在为林真作品写的序中说：“林真先生说他爱读我的书话，这些文字是在书话的影响下执笔的，我不敢当，也没有察觉这一点。我以为《林真说书》里的文字比我严肃，有深度，不是信手写来的东西，已经成为具有艺术分析力的正规的书评了，虽然写得很生动，很活泼。”[2]

唐弢是新文学史上直接用“书话”一词来命名自己书籍的第一人，他的书话作品不仅是现代文学史料学方面重要的资料组成，而且在他的手中，书话这种文体真正成长、独立出来，他的“开路拓荒之功”[3]让后学看到了书话的魅力，扩大了书话的影响。在书话的体裁上，唐弢明确指出，书话应该属于散文创作。他说：“我也曾努力尝试，希望将每一段书话写成一篇独立的散文。”这种散文要具有自己的特点，即“书话的散文因素需要包括一点事实，一点掌故，一点观点，一点抒情的气息；它给人以知识，也给人以艺术的享受”[4]。唐弢对于自己的这个看法是非常认可的，在《林真说书·序》中他再度做了重复性的阐释：“我反对有些人把书话仅仅看作资料的记录，在更大的程度上，我以为它是散文，从中包含一些史实，一些掌故，一些观点，一些抒情的

[1] 王稼句：《读〈晦庵书话〉》，《书林》，1981 年第 3 期。

[2] 唐弢：《林真说书·序》，《唐弢书话》，第 235 页。

[3] 杨义：《唐弢书话·选编后记》，《唐弢书话》，第 351 页。

[4] 唐弢：《晦庵书话·序》。

气息，给人以心地舒适的艺术的享受。”[1] 所以赵景深对其创作的评价是：“晦庵的书话极富情趣，有好几篇都是很好的絮语散文，意态闲逸潇洒，书话本身就是文艺作品。”[2]

正因为把书话看作是散文，要求其能传达出艺术的美感，所以唐弢也多次谈道：“我以为书话虽然含有资料的作用，光有资料却不等于书话。我对那种将所有材料不加选择地塞满一篇的所谓‘书话’，以及把书话写成纯粹式资料的倾向，曾经表示过我的保留和怀疑。”[3]

其次，唐弢也指明了自己的书话创作是有来源的。他在《书话·序》中说：“中国古代有以评论为主的诗话、词话、曲话，也有以文献为主，专谈藏家与版本的如《书林清话》。《书话》综合了上面这些特点，本来可以海阔天空，无所不谈。不过我目前还是着眼在‘书’的本身上，偏重知识，因此材料的记录多于内容的评论，掌故的追忆多于作品的介绍。至于以后会写成什么样子，那是将来的事，不必在这里预告。”[4] 在《晦庵书话·序》中他再度说明：“我写《书话》，继承了中国传统藏书家题跋一类的文体，我是从这个基础上开始动笔的。我的书话比较接近于加在古书后边的题跋。”“中国古书加写的题跋本来不长，大都是含有专业知识的随笔或杂记。我个人认为：文章长短，不拘一格，应视内容而定；但题跋式的散文的特点，却大可提倡。”[5] 从唐弢的

---

[1] 唐弢：《林真说书·序》，《唐弢书话》，第 235 页。

[2] 赵景深：《书呆温梦录》，《新文学过眼录》，第 224 页。

[3] 唐弢：《晦庵书话·序》。

[4] 唐弢：《书话·序》。

[5] 唐弢：《晦庵书话·序》。

表述来看，其书话创作对传统的题跋是有着积极的借鉴和继承的。在此基础上，又加入了个人的特色：知识和掌故是他书话的重要组成部分。

黄裳评价唐弢，把视角集中在对其“书话”的评价上，可以说是慧眼独具。从某种程度上讲，“书话”应该是唐弢在现代文学史上最重要的贡献。

2. 沈从文

黄裳谈沈从文的文字也较多，而且开始的时间很早。就目前能查找的资料看，最早的一篇是《〈记丁玲〉及续集》，为抗战中作，署名宛宛。从署名看，大致可以推断出此文发表于《文汇报》。在这篇短文中，黄裳写道：“沈从文先生的笔，是那么亲切而带一种朴实的泥土气息，在中国的文坛上，和老舍先生皆为特异的文体家。他这支笔最适宜写湘西的一角天地，那里的风土人情，本地人的山歌、野话，读过《湘行散记》的人，该不易忘记那一张张彩色山水，活灵活现的人物画。在这支笔下所写的湖南女孩子如‘翠翠’‘三三’，都那么可爱，为人所记忆，不易忘却，而丁玲女士则正为‘一个圆脸长眉大眼睛’的出色的湖南女子。”“批评和研究一个作家，似乎应当由知道这作家生活状况较为详细的人去做，最为适宜。看了《记丁玲》，知道福楼拜的《波华荔夫人传》是跟丁玲女士早期发表在《小说月报》上的《莎菲女士的日记》等有怎样的关系。而当时北平的公寓情形，是怎样隐现在作者的作品中，而后来海军学生（胡也频）的失踪，给予这女作家怎样的打击，这和丁玲后来的转变，当然有直接关系。沈先生最重要的是揭发了女作家那份刚强的性格，怎样在极大打击下仍旧非常镇静，和平常女人完全两样的性格。但是丁玲并非超人，也有她忧伤的一面，这里展开了一个人性的分析，怎样由一个天真烂漫的女孩子，变成了个革命者，因为抒写真实，所以处处合理，成为一本极好的传记。”[1]

在这篇文字中，年轻的黄裳指出沈从文创作的特色，并且对传记作家的写作提出了自己的看法。尤其值得注意的是，黄裳提到在中国的文坛上，沈从文和老舍皆为特异的文体家。在资料的考查中，最早指认沈从文是文体家可以从20世纪30年代上半期算起，如韩侍桁和苏雪林。但在最初阶段，文体家是一个偏于贬义的词汇。直到20世纪90年代，在汪曾祺等一批文学评论家的共同努力下，文体家才成为一个褒义之词。以至于到现在，谈及沈从文，“文体家”成为冠冕。在黄裳的这篇文章中，笔者感觉他是从褒义来称沈从文与老舍的。这在文学批评的发展中应该是一个小的补遗。

《宿诺》也谈的是沈从文。“我在中学里就开始读沈从文的文章了，读过《边城》《湘行散记》，觉得很喜欢。他的小说我读得不多，可是我知道他写得很多。他的小说我也并不是篇篇都喜欢。他是个勤奋的人，细致的人。他很重视技巧，他是很早尝试运用各种技巧于作品中的人。但技巧并不能决定作品的成败，也不能决定作品的‘伟大’与‘渺小’。记得他很喜欢讲‘读生活这本大书’这样意思的话。这是真的，也是不错的。他读过了种种‘生活’以后，就用他那支细巧的笔加以记录，勤恳地想方设法记录下来。”“我非常喜爱他写的一本《湘西》。这不是小说，也不是一般人心目中

[1] 黄裳：《〈记丁玲〉及续集》，《来燕榭集外文钞》，第55页。

纯正的散文。……近来我又觉得他研究中国古代服饰的那本书写得好，这就更和小说不沾边了。他的文字是有一种特别风格的，这恐怕不完全是由于讲究技巧。这是一种的的确确与旁人不同的风格。有自己的风格是可贵的，我们实在也听腻了某种似乎已成为定局的调子。文字是表达思想的。即使是很好的意思，用那种过于滥熟调子唱出来也不能吸引人。这也许就是我们不能过分轻视风格的原因之一。”

关于沈从文还有《沈从文和他的新书——读〈中国古代服饰研究〉》一文。“我发现他是个对一切留下生活印记的事物都有兴趣，都会执着地进行观察、思索、记录的人。他写小说，写不是小说的文章，都持相同的态度，一种老实、认真，几乎达到可笑程度的态度。”“沈从文是著名的小说家，我在读中学时就已经读过他的许多作品了。我特别喜欢他的并非小说的作品《湘西》。这本蓝皮小书，我先后买过三次，现在手中留下的一本是1944年湘桂战局紧张时在已经变成危城的桂林街头买到的，书里的《常德的船》……都是我非常喜欢、反复读过的。七年前我给作者写信时还提到我喜欢这本小书的心情。这是一本地理书，或曰地方志，但与旧地方志可完全不同。我常想，全国各地都有这样一本‘方志’才好。这是一本风俗画册、人物像册，它不是小说，但作者运用的还是那种方法，和写《湘行散记》差不多的方法。”

黄裳和沈从文有过交集，新中国成立后，黄裳曾去北京看望过沈从文，为作家依然葆有旺盛的生命力而安慰。新时期，沈从文的《中国古代服饰研究》出版后，黄裳写了热情的介绍文字，并因之收到沈从文的长篇回信（见《故人书简》）。

从黄裳评沈从文的几篇文字可以看出，黄裳比较看重的是沈从文的散文。尤以《湘西》和《湘西散记》为代表，同时肯定了沈从文独特的作文风格。这对于现代文学史的研究是一个推进。一直到今天，在一般的现代文学史写作中，评析沈从文还是着重于他的小说。而黄裳是从整体把握沈从文的创作，并且指出其小说、散文以至于学术性写作，都有一种统一的味道。这是一个有创建的看法。

3. 曹禺

《关于〈蜕变〉及其演出》作于1941年10月12日夜。黄裳写道：“曹禺先生是不但会写剧本，而且演得非常出色的一个剧人。几年前在天津，我还是一个中学的学生，在学校里一个新建立起来的礼堂里看了出《财狂》（即莫里哀之《悭吝人》），使我感动得流泪。我的神经随了曹禺先生（他演那个财狂）的微微地打战的手指而抖动了。这是我平生所看到的最好的一出戏，可惜几年来不曾再有看这种戏的幸福了。”在表演时，“他整个融化到戏里去了。他的情绪，他的举措已经完全和舞台下的他变成两个绝不相关的个体。看戏的人也似乎真接触到一片血肉的人生而不是在看戏”。曹禺作为中国话剧史上的大家，其写作的出色，来自于他对古代戏曲、现代话剧各个环节的了然于心，丰富的舞台表演经验对于他的剧本写作是一个很大的促进。黄裳的这段回忆给研究者提供了有力的论据。

在分析《蜕变》这部剧时，黄裳提出自己最喜欢的是第一幕。因为“第一幕是活生生的现在。作者的写实手腕，已经达到相当的高峰，在一百页左右的一幕中，烘出了活生生的一个腐败的衙门的面目来。……这都是活生生的现实，一些没有虚构的痕迹，而处处吐露着讽刺的毒针。这里，我不禁想起莫里哀的喜剧的根源。曹禺的戏比果戈理的讽刺剧还富于人情，也就是富于真实。……现在我想回来看看作者何以能把一个写滥了的题材写得不庸俗？一个平常的题材写得那么激动？这原因，在我看来，是真实救了它的。真实，被精炼了的真实，艺术地、美丽地表现出来的真实，救了平凡的题材”。在谈到人物时，黄裳以为剧中一些人物塑造是比较单薄的，他把梁专员被观众喜爱的原因归结为：“这是过去公案小说中包公铡陈世美时老百姓喝彩的心理。因为他替大家出了气，改革了腐败的医院。这是一种大团圆型的英雄。”他认为创造的最成功的一个人物是“五十一岁久经宦海沧桑的况西堂秘书”。他说：“这是一个典型，与华威先生、差半车麦秸同为战后文学作品中不朽的典型。”[1] 黄裳对人物形象的评价可以再商榷，但是他对《蜕变》一剧的关注及对真实性的肯定可以扩展对曹禺剧作的研究。

《〈日出〉及其他》：“《日出》是以天津为背景写旧时代城市生活的作品。不知道旁人可有这感觉，大体上题材相近的作品，如《日出》与《子夜》，他们所散发的气氛是很不一样的。两部作品的场景都是半封建半殖民地旧中国的大城市，但效果却有这样的差异。”“《日出》里写了旧天津的社会底层，‘三不管’一带的阴暗角落。……反正是那么一条破破烂烂的街，臭水沟、矮房子……我是想，能说出当时‘三不管’的种种的人，现在恐怕不会很多了，特别是真正熟悉那里里里外外一切事物的人。我虽然先后经过那地方有

[1] 黄裳：《关于〈蜕变〉及其演出》，《来燕榭集外文钞》，第50页。

许多次，但从未从车上跳下来细细观察过，每次都是匆匆而过。这多半是受了学校舍监的影响。据他们说，那是个很坏的地方，千万不能插足的。……曹禺告诉我，他是扎扎实实进行过一番‘采访’的，从高等到最低的各种妓院他都曾看过。这样，才能在戏里写出那样的场面和人物。……我想，同是半封建半殖民地的旧城市，但天津因为离北京近，封建性表现得就更强烈、更原始。”[1]

《海内存知己》谈的是巴金与曹禺。巴金与曹禺是老朋友，“谈起天来热烈而随便，海阔天空地谈着许多事情。坐在一旁听他们谈话也真是一种快乐”。“近来曹禺常常从北京到上海来住一阵子，他是来工作的，工作之一是想完成他三十年前没有完成的剧本《桥》。工作是艰巨的，重拾旧梦并不如想象的那么容易，可是这是值得努力以赴的工作。在巴金家里有几次都谈到了《桥》。曹禺说他在设法找在《文艺复兴》上发表过的前两幕原作，他在努力寻忆、收集四十年代重庆的生活印象，他在努力继续写。有时表现出非常吃力的样子，这时巴金就给他打气。‘打气’并不能概括他们对话的全部气氛，发生在两个老朋友之间的对话使我这个旁听者受到了非比寻常的感动。巴金已经是近八十岁的老人了，我看他就像推着一部车子过桥，他吃力，但耐心，一点点地使劲地推。他微笑着，说着笑话，但总不离开主要的目标。笑话有时是有点辛辣的。这时曹禺就像个爱娇的孩子，要躲闪，但也会承认自己的有些举动有时是可笑的。在这种地方我看到了曹禺的诚直、天真，这是非常可爱的性格。我

---

[1] 黄裳：《〈日出〉及其他》，《黄裳自述》，第 62 页。

想，他总是会被一步步推上桥顶的吧。”当年，巴金是在北平三座门大街14号的一间阴暗小屋里，一气读完《雷雨》原稿的。他流泪了，同时感到一阵舒畅，于是决意推动《雷雨》的出版。

在黄裳的笔下，巴金和曹禺的样貌一下子生动起来了。我们既看到二人的世纪友谊，更了解到曹禺创作《桥》之艰难，这样《桥》最后的难产更让人慨叹。这为对曹禺的研究添了一笔小叶。

4. 废名

《关于废名》:“废名写散文，写诗，在文坛中是一个怪人，现在又深好禅悦，著书谈道，更不免为怪人。”“周作人的两位弟子（俞平伯与废名），都写诗与散文，而散文都晦涩不易懂。废名尤甚，其写小说，与散文并无太大分别，只是小说之散文化而已。他有过《枣》《桥》《莫须有先生传》《竹林的故事》等几本书，都是小说。读他的小说时，如嚼谏果，似有回甘，而这回甘又人各不同，正如读诗，大家所感兴的未必即是一样东西。废名后来多写论文似的散文，或者可称为小杂感之类，甚多妙论。”“他的诠释诗句，仍时有极可爱的妙语，如他说最喜李商隐的‘一春梦雨常飘瓦，尽日灵风不满旗’，说得极佳。令人读了会心不远，大约有如司空表圣《诗品》的平衍化了罢！”“《谈新诗》，细针密缕，时有华彩，也是好书。”“废名对周作人的了解最深，战前开明书店出版了一册《周作人散文钞》，前有废名作的序。当胡风提出‘霭理斯的时代’已经过去的时候，废名在林语堂主编的《人间世》上写了一篇长文《关于派别》。”“我有兴趣的还是废名在中国新诗上的功绩。他开辟了一条新路，在北大，汉园三诗人都是后辈，照我看来，全有废名的影响。何其芳虽然披了华丽的外衣，卞之琳较为朴实，路子原来都是一样的。我的私意，中国新诗这一路，很有成就，打个比方，正如佛家的棒喝法罢，一两句话，可以指出一个鲜明的境界，使人顿悟。我说笑话，这是中国新诗近于禅的一路，我最喜欢，远较其余诸派为可爱。"[1] 这篇废名论，实在是写得很好，对于废名作品的把握，非常独到，已成为文学史上对废名的定评。

《废名》是黄裳写的关于废名的第二篇文章。"废名是'五四'前后出现的很有特色的作者。关于他的小说，鲁迅先生有过这样的评论：'后来以废名出名的冯文炳，也是在《浅草》中略见一斑的作者，但并未显出他的特长来。在一九二五年出版的《竹林的故事》里，才见以冲淡为衣，而如著者所说，仍能"从他们当中理出我的哀愁"的作品。可惜的是大约作者过于珍惜他有限的"哀愁"，不久就更加不欲像先前一般的闪露，于是从率直的读者看来，就只见其有意低徊，顾影自怜之态了。'这简短的一节话，很能说出废名小说的特色，在《桃园》《桥》《莫须有先生传》中显露的就正是这种特点。……废名是北大出身的，他虽然写小说，但我想从根本上说他还是一个耽于哲学玄想的诗人。他的小说似乎也是近于新感觉派那样的作品，他想描述的不过是他的一些思想活动，对生活的感觉、思维。当然，这一切都局限于非常狭小的圈子里，他的'哀愁'也是'有限'的。'哀愁'并不一定是非否定不可的感情，重要的是要看这是

[1] 黄裳：《关于废名》，《来燕榭集外文钞》，第 266 页。

怎样的‘哀愁’，是阔大还是狭小，深刻还是浅薄。鲁迅的意见原是很明白的。”这篇文字作于1982年5月8日，与《关于废名》一文相较，可以见出其间的区别。首先两文的写作基点是不一样的，《关于废名》刊于《文艺春秋》，应该是作于20世纪40年代中期。《关于废名》的立论基础是周作人的废名谈，而《废名》一文里是从鲁迅对废名的评价开始的。这样就在先期决定了黄裳的基本情感判断。如果说《关于废名》是先扬后抑的话，那么《废名》就是先抑后扬，但两篇文章基本保留了对废名作品认识的统一性。

5. 何其芳

《谈何其芳》：“我们的诗人，十年前在北平那个风沙大城里读哲学。住在公寓里，过着寒冷的冬天，却在幻想着热带森林中的大象。他写下了那些梦想者的美丽的语言。等到他毕业后，到天津南开中学教书，一直还是如此。他住在那个‘制造中学生的工厂’里边的一间西晒的小房子里，窗外远处是一条臭河垃圾堆。他还在一夜里写出了《扇上的烟云》那么美丽的篇章来。这时他已痛感人世的荒凉，想走出这寂寞的小天地去。否则，我们不能想象，这样一位空想的诗人将来会不会因为空想而发狂。他终于走出了那家私人的‘工厂’，到山东半岛上去。这时期他写了《还乡杂记》，我的私见，这一个集子该是诗人散文创作过程中最光辉的成就了。诗人的感伤，更加上现实的创痕，又还未失去了他的琢磨的技巧。这一连串篇什，如《呜咽的扬子江》，实在是使人永不能忘的。它比较《画梦录》充实得多，又不失于粗糙。”何其芳抗战后，辗转随军于太行一带，写的一些散文片段，“都写于军马仓皇之中，失去了琢磨的机会，它们只像一块未琢的璞玉，厚实而缺少光泽。《星火集》群益出版，一九四五年印于重庆，封面廖冰兄制，难看已极，书用土纸印，更是难看已极。……《星火集》分四辑，第一辑是论文与讲稿，与两篇论周作人的文章，对周的道路，无情地批判了。第二辑是一些片段散文，没有系统，都仍时有旧日风华。第三四辑中很多文艺理论，这更接近于他现在的路，极谨严，耐咀嚼。《夜歌》三十四年五月诗文学社版。也是土纸一册。从'后记'中我们可以知道诗人怎样在选择他的道路，这些诗也都是人民的号音，而不是红楼上，灯晕下，少年情人的歌唱了。……我们可以看出诗人怎样走出了象牙塔而漫步向十字街头。塔里的人向他挥手惜别而街上的人熙来攘往，还没有太多人来迎接他，在这儿，我们的诗人还有一段寂寞的旅途"[1]。这篇文字作于 1946 年圣诞前夜。何其芳当年和黄裳在南开中学有过共处时段，何是老师，黄是学生，不过何其芳并没有直接教过黄裳。在此文中，黄裳回忆了当年南开的氛围和环境，指出了何其芳从《画梦录》到《还乡杂记》的转变，对《还乡杂记》给予了很高的评价。同时也指出了抗战后诗人创作内容和风格有新变，但整体来讲是不如之前的，同时也指出诗人的这种转变带来的接受群的改变和尴尬，这在对何其芳创作研究方面是很见功力的。

6. 朱佩弦

《朱佩弦》：黄裳写到当时在北平的名作家、名教授多得很，"但朱先生是不同的。在当时的知识分子和青年中间，他的'分量'是非常重的，这事到今天还值得沉思。我没有

[1] 黄裳：《谈何其芳》，《来燕榭集外文钞》，第 270 ～ 271 页。

认识朱先生的机缘。一篇《背影》是中学时就当作课文读过了的，也是从那时起，知道并敬佩着这位作者了。朱先生是著名的诗人、散文家，但他的诗我却读得很少。他的散文给后辈带来的影响真是非常非常的大，从他的文字中读者认识了他这个人，也懂得了他是经过了怎样的途径打动并征服了自己。……那原因我想应该是，通过文字，读者非常容易就接近了作者，了解了作者，而且一些都没有拘束地和他成为熟人，并喜欢了他。朱自清实在是个非常天真、平易、正直、真诚的人。”黄裳是一位优秀的文学评论者，他往往能够从作家的作品出发，既把握住作品的特色，同时对于作家也能准确地把握。关于朱自清，在吴晗新中国成立前写给黄裳的信中也有提到，尤其是朱自清病中不食美国救济粮，这对黄裳一定是印象深刻的。所以他特别提到朱自清当年影响之大。从接受美学的角度这是可以结合时代深入分析的话题。

7. 冰心

《冰心的手迹》：“我懂得了冰心作品中最重要的东西，母爱、孩子、还有大海。”“我是在重庆的豆油灯下第一次读到署名‘男士’的《关于女人》的。记不起是早就听人说起，还是自己从文字中辨识出来，这其实是冰心的作品。我当时就想，这是冰心最好的作品。作者到底已经从‘客厅’里走了出来，抬头一看，外面的天地是多么空阔，人间的悲欢又是多么深广。在作家说，这是一次真正的解放、升华，但却没有割断与过去的联系，因此倾泻的感情也是实实在在的，作品是真正茁壮地成长了。”相对于冰心早期的成名，黄裳更看重的是冰心的《关于女人》，认为这是作家走向现实的最好作品。固然，在冰心的创作中，《关于女人》的艺术成就是高的，黄裳立论的基础还是强调现实、真实对艺术作品的力量。

8. 冯至

《诗人冯至》："冯至是诗人，他写的散文也凝聚着极为精练的诗的素质。《伍子胥》是小说还是散文诗，就很难说得清楚。……冯至在《伍子胥》的后记里就直白地述说了他的写作最初曾受到里尔克的散文诗《旗手里尔克的爱与死之歌》的影响。里尔克这篇作品有卞之琳译本，收入《西窗集》，题《军旗手的爱与死》。卞之琳在《西窗集》的题记里说过一句话：'编理完了，仿佛在秋天的斜阳里向远处随便开了一个窗，说不出的惆怅'，这句话很好地说明了这一文学现象的时代背景与踪迹。'五四'以后，从'西窗'里吹来的一股清新的风，吹醒了一些沉酣于古代诗歌海洋里的年青诗人，他们摩挲着迷离的睡眼，想起要做一些新的尝试。"冯至的创作深受里尔克影响，而且作为浅草 - 沉钟社的成员，冯至也做了积极的翻译外国文学、文艺的工作。黄裳指出了冯至创作中的明显的外来影响，但传统文化的承接也是应该注意的问题。

9. 李广田

《忆李广田》：《汉园集》中的"三位诗人的风格有其共同之处，但又有各自的特色，在《地之子》和《上天桥去》两诗中就显出了李广田的特点。在共同的玄想、哀愁、寂寞、呻吟中，李广田是表现得较为踏实，带有更多的泥土气，也更多注视着人间相的一位"。

10. 师陀

《忆师陀》中记载了师陀与黄裳的通信，其中提到 1984

年3月的一通。在里面师陀谈到了一件事："去年文艺报（12期）刊载小文《谈风格》，讲到废名部分，我的原意是废名的作品仅能供少数人欣赏，不料经过十年内乱，竟会对人起陶冶性情的作用；经编辑大笔一挥，'少数人'竟成了'无人'，'起陶冶性情的作用'竟成了'对人能起什么作用呢'了。这么一来，我也就成了和他们一样反对废名派，岂不可畏也乎？"黄裳评述道："这是一封难得的坦率的直抒胸臆的信，虽然已时过境迁，但可以反映当时师陀的思想状况，所以还是抄下来。……他对废名的评论则是可以注意的。虽然没有明说，师陀的创作不能不受到废名的影响是显然的。"这启发研究者对废名在中国现代文学创作方面承传的关注。

11. 老舍

《老舍在北京》："要说通俗文学，老舍可是个全才。大鼓、相声样样都来得，而且写得都入味，不像普通作家写得那么生疏。他写出来的东西，都能上口，都能流传。"[1]

综观黄裳谈论现代作家的文字，体现了他的高超识见和对作品的敏锐把握。他对沈从文、废名、唐弢等的评价成为这些作家的确评，被写进了文学史，而对曹禺、何其芳等的评价开拓了现代文学研究的空间，值得研究者持续关注。

[1] 黄裳：《老舍在北京》，《花步集》，《黄裳文集·锦帆卷》，第535页。

下编

黄裳的交谊圈

很善于跟老一辈的人往来，既婉约而又合乎法度，令人欣赏。

——黄永玉

李辉在《看那风流款款而行——黄裳印象》中写道："黄裳颇不善言谈，与之面对，常常是你谈他听，不然，就是久久沉默，真正可称为'枯坐'。电话更是简洁得要命，一问一答，你问几句，他答几个字，绝无多的发挥，可说是再单调不过的色彩。"[1] 杨苡在《沉默的墙》中写道："我想说，这是一个特异的人，写得一笔好字，却从来不愿在公开场合'挥毫泼墨，欣然命笔'，以书法家自居；写得一手好文章，字字珠玑，却决不凑热闹，吹捧名人，他说吹捧别人也就是吹捧自己；拥有考据版本的本领却从不认为自己是专家；翻译好几本西欧经典名著却从来不肯走进翻译家行列，甚至于在二十几岁由于热心做了好事反而被人误解，过了三十岁，由于少年气盛，多说了几句，更惨遭灭顶之灾，如今提起来也还不过是扬起他的浓眉，潇洒地哈哈大笑，讽刺却又宽容大度，来句幽默：'哈哈，都走过来了，还不是好好地活着么？'也真是都走过来了，仍是一堵沉默的墙，那一扇小门也总是虚掩着。"[2]

在他人眼中，各样的黄裳有着无穷的魅力，他似乎有足够的力量能够成为磁石般的存在。《珠还记幸》，1985 年三联书店出版。在这本书中，黄裳向读者展示了他与其他朋友交往的记述，这些朋友是巴金、钱锺书、沈从文、张元济、

---

[1] 李辉：《看那风流款款而行——黄裳印象》，《爱黄裳》，第 37 页。

[2] 杨苡：《沉默的墙》，《爱黄裳》，第 235 页。

傅增湘、周叔弢、郑振铎、梅兰芳、侯喜瑞、盖叫天、郭沫若、冯至、卞之琳、沈尹默、吴晗、邓广铭……他的庞大的交谊圈几乎囊括了中国文化的各界名人，黄裳与他们又不是泛泛之交，而是都刻下了生命的热情和厚度。

第一章　黄裳与巴金

在黄裳的创作道路上，柯灵激发了黄裳最初的写作热情，而真正将黄裳推上文坛的是巴金。黄裳说，“他将我所写的旅行记事散文介绍到《旅行杂志》，得到了重庆的第一笔稿费”，“他商量着把我发表过的散文收集起来，出版了我人生第一本书”，这本书就是《锦帆集》。从这时起，年长黄裳 15 岁的巴金就成为影响黄裳最深的朋友，他们的友谊持续了 60 年。

黄裳与巴金的交谊源于巴金的三哥李尧林。李尧林是黄裳在南开中学读书时的英文教师，“至今我还记得他在一个冬天的星期日的晚上，叫我到他那里谈天的事。小小的房间，生着一个火炉，炉子上煮着鸭梨，他就用这来招待客人。在所有的老师中间，他是与同学关系最亲密的一位”。1942 年冬天，黄裳带着李尧林写给巴金的信来到重庆文化生活出版社，但巴金去桂林了，1944 年夏天黄裳到桂林时，巴金偏偏又到贵阳了。两访未遇，可他们的交往却开始了，黄裳在文章中说：“就是我这样一个一直没有见过面的年轻人，两年中间不断地把幼稚的习作寄给他，他都给我找地方发表。……他还细心地为行踪无定的作者保存文稿，汇集成册，

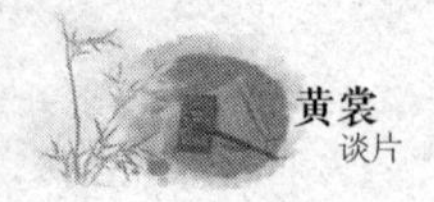

随时留意寻找结集出版的机会……对于一个青年作者来说，这该是怎样的鼓舞、激励，带来的又是怎样的欣喜呵！”

1945 年 2 月 17 日，巴金致黄裳的信中说：“最近有个机会，可以给您的集子找个出版处。中华书局今年打算编印一套文学丛刊，我被邀作编辑委员之一，等到事情定了，我总可以介绍一两部稿子去。您的集子如何编法，用什么书名，均请在寄回《断片》时告诉我。”到了当年的 8 月 17 日，巴金在通信中通知黄裳，《锦帆集》已经代为编好并送书局，而余稿和后来的稿子，则又编成《锦帆集外》，收入巴金主编的“文学丛刊”中由文化生活出版社出版。几十年后，黄裳感慨道：“现在手头还保留部分《集外》原稿，是付排以后还给我的。每篇都是他亲手批的版样，还把文章中每一个‘里’字都细心地改为‘裏’字，重描了许多印刷模糊的字迹。原稿并不值得保留，但编者留下的批改手迹则是珍贵的见证，说明他在编定这一百多部‘文学丛刊’时付出了多少精力。”

1945 年的初春，黄裳在重庆民国路的文化生活出版社第一次见到了巴金，次年夏天回到上海，他就成了霞飞坊 59 号巴金家中的常客，从此也开始了他们一个甲子的比较密切的交往。从 20 世纪 70 年代末期开始，黄裳写有数篇文章记述巴金的写作与生活，评论他的作品。如《关于巴金的事情》《请巴金写字》《记巴金》《思索》《关于〈随想录〉的随想》《琥珀色的绍兴酒》，以至巴金逝世后所写的《伤逝》《书缘小记》等，还有写萧珊的《萧珊的书》。这些文章情真意切，形象生动，议论也往往一语中的，都是研究巴金不可多得的资料。2005 年 10 月，巴金去世，年近九旬的黄裳以平静的语调表达了他巨大的悲伤，这篇《伤逝——怀巴金老人》成为悼念巴金文章中写得最好的篇章之一。

一、关于《随想录》

2004 年 1 月，大象出版社出版的《来燕榭书札》中收录了黄裳给黄宗江、周汝昌、杨苡、范用、姜德明、李辉等书信 270 多封，其中致杨苡、范用、姜德明的信中多有涉及巴金之处，特别是写给同为巴金友人杨苡的 86 封信中，更是无处不谈巴金，从巴金的生活、写作，到大事小情的议论在这批书信中皆有呈现。姜德明说："我知道他平日常去看望巴金先生，为了怕写信烦扰巴老，有些事托他就近去代询代办，所以从他给我的信中，也能看到有关巴老的某些情况。"更值得关注的是，这批信多写于巴金创作《随想录》期间，而《随想录》的创作恰是新时期中国文坛波谲云诡之时，巴金的许多话欲言又止，或者是说得颇有技巧，黄裳与友人的这些通信对其背景的揭示可能更有利于理解《随想录》的真意，更能见出《随想录》的价值所在。

《随想录》最初是潘际坰托黄裳向巴金约稿的，巴金也曾托黄裳给潘转过稿，他在 1978 年 12 月 6 日日记就曾记载："黄裳来，把《随想录》交给他转潘际坰。"黄裳常在巴金身边走动，《随想录》写作过程中的大事小情知之甚多，不免在书信中将一些消息传递给同样关心巴金的人。而且黄裳大概是第一个听到巴金说要把《随想录》当作遗嘱来写的人，在《把心交给读者》中，巴金写道：

前两天黄裳来访，问起我的《随想录》，他似乎担心我会中途搁笔。我把写好的两节给他看，我还说："我要继续写下去。我把它当做我的遗嘱写。”他听到“遗嘱”二字，觉得不大吉利，以为我有什么悲观思想或者什么古怪的打算，连忙带笑安慰我说：“不会的，不会的。”看得出他有点感伤，我便向他解释：我还要争取写到八十，争取写出不是一本，而是几本《随想录》。我要把我的真实的思想，还有我心里的话，遗留给我的读者。

可以说黄裳是《随想录》写作过程的重要见证人之一，他给友人的书信在无意间记下了这本当代文学名著写作过程中所发生的各种事情，包括《怀念鲁迅先生》被删节、香港的大学生对《随想录》发表不同看法、“清理精神污染”前后文艺界的形势，等等。下面仅录若干节：

1. 今天遇到巴金，他的随感录也拟在写满三十篇后交港三联印行，如能追随巴金之后印一本书，自然是高兴的。希望不致亏本。（1979 年 7 月 6 日致范用）

2. 与巴金闲谈，他非常同意陈登科提出的要搞一个出版法，现在作家有许多权益没有保障，实例甚多，不只是经济问题。这个问题也没法说清。（1979 年 9 月 12 日致姜德明）

3.《随想录》可能十二月初出书，用照片数张，一张是陈蕴珍的，三联准备用纸版在国内印一次，印数不会多的。巴公说南师要转载，他说要等书出以后再办。未十分肯定，系通过魏绍昌来要求的。（1979 年 12 月 1 日致杨苡）

4. 巴金的《随想录》已出版，他得到一百本精装本，我想你一定有一本的。此书印得漂亮，不但在中国出版物中，在他自己的书中，也是最漂亮的。这使我大有兴趣，也想印几本，至少也挤进一本入这“丛刊”。前两天去看他，谈到你，他还问起你的《咆哮山庄》何时可出。新年还要见面，当转达你的话。（1980 年小除夕（2 月 7 日）致杨苡）

5. 巴公早已到京，四月一日去日本。我接你北京信后即曾和他谈起到你，当然也代你问候，并告他你已意外得到一本《随想录》，他马上笑着说：那我就不再寄了。据我所知，他的书是被莫名其妙的人讨光了的。这里有个捷足先登之特点。我又向香港买了几本，等回来要他签名后送人，其中有你一本。但少待月余耳。

巴公最近又写了几篇《探索》，还是非常解放，甚可佩服。有《大镜子》一篇，不知看过否？

那篇访沈从文，《羊城晚报》已转载，看过了，巴公也给他讲了几句，但未点名，只是说住在一间小房……

潘际坰已回港，他为《随想录》出了力，是他校的。《开卷》有一本巴金特辑，我只是借来看了一下。很详细的访问记，今天又借到《八方》(二)，第一篇又是巴金访问记，尚未看。这些看完都要还，我想法去香港弄两本，如到，当寄上一看。

《开卷》巴金专号，有一读者提出，大大批评了一顿《随想录》的封面，说莫名其妙，特别是把巴金签名用了红字，是一种不尊敬云云。可笑得很，我倒觉得够漂亮了，由此可见，巴公在海外地位高，已非我们想象所及。据巴金告我，南师（党校）翻印《随想录》，二万本，他说太多了。此翻印本如出，也给我弄一本，我是收集巴金著作一切版本的。

南京的朋友都极好。巴金最近在《随想录》中讲了《雨

花》，说大有希望，因为那里有一群探求者。这事顺便也告诉老叶他们。（只是说江苏省的文学刊物，未提《雨花》，这是我向他吹的。）（1980年3月26日致杨苡）

6. 潘际坰来信，说你的《记巴金》一文，在《开卷》发表，杂志一本寄我转奉，稿费290HK，问你如何处理？寄你乎？或存在潘处？请你告我，再转告他。

《雨花》转载《随想录》事，已洽妥否？那几张报用毕仍还我，我有一份全的"大公园"，老巴的文章也有一份全的，最好不弄缺。（1980年5月14日致杨苡）

7. 这两天忙于写稿，是广东的《花城》约的，他们下期是"沈从文特辑"；再下一期是"巴金特辑"。巴金已给他们一篇长稿，去日本的报告，也要我写一篇凑数，刚刚赶完。

今天问巴金，他说已答应《雨花》选载一段《探索》，不知决定选哪一篇。（1980年5月27日致杨苡）

8. 今天我抽空去看看巴金，《雨花》转载《随想录》事，我想，不如总题《随想录》，以下分小题也好。何必串成一篇长文乎？如改动，即使是小小改动，也将变成两种版本了。我去问问他。

刚才才看到巴先生，他也同意我的意见，请与老叶联系为盼。又及。晨七时。（1980年6月22日致杨苡）

9. 巴公甚好，十二月初到京开会，《随想录》第二册已写完，付印了。（1980年10月24日致杨苡）

10. 巴公在《羊城晚报》发表一文，见到否？香港大学学生在《开卷》上骂他，理由颇为可笑，我没有见到那原文。（1980年11月20日致杨苡）

《随想录》的创作是非常艰难的，其中最大的外来阻碍就是保守的思想的压力，此信就是绝好的证明。当时长官点名、要批评巴金的风言风语四处流传。后来巴金在《合订本新记》中曾写下当时的情景：

绝没有想到《随想录》在《大公报》上连载不到十几篇，就有各种各类叽叽喳喳传到我的耳里。有人扬言我在香港发表文章犯了错误；朋友从北京来信说是上海要对我进行批评；还有人在某种场合宣传我坚持“不同政见”。点名批判对我已非新鲜事情，一声勒令不会再使我低头屈膝。我纵然无权无势，也不会一骂就倒，任人宰割。我反复思考，我想不通，既然说是“百家争鸣”，为什么连老病人的有气无力的叹息也容忍不了？有些熟人怀着好意劝我尽早搁笔安心养病。我没有表态。“随想”继续发表，内地报刊经常转载它们，关于我的小道消息也愈传愈多。仿佛有一个大网迎头撒下。我已经没有“脱胎换骨”的机会了，只好站直身子眼睁睁看着网怎样给收紧。网越收越小，快逼得我无路可走了。我就这样给逼着用老人无力的叫喊，用病人间断的叹息，然后用受难者的血泪建立起我的“文革博物馆”来。

……

在简单节录的这些信件中，可以看到黄裳几乎是全程参与了《随想录》的写作过程。他就像是巴金身边的一个管家一样，既为巴金打理着他力所能及的外部事务，同时也随时给予巴金有效的安慰和催促。这是只有多年的相交相知才能有的状态。而黄裳在自己的创作中也多次谈到了《随想录》，

给出了他的评价。

在《关于〈随想录〉的随想》中，黄裳写道："这是一本真实的书。""这又是一本悲壮的书。我这样说，因为我的确感觉到这些文章中的每一句话都是通过作者自己的心写下来的，都经过自己良心的检查。'良心'，按照一位著名诗人的意见，'就是人民的利益和愿望'。我同意这个说法。作者写的其实也不过是一些'身边琐事'，不过由于作者生活的时代是不平凡的时代，因此'身边琐事'也就往往有了更深广的内涵。作者在许多地方都说过，因为他可以利用的时间不多了，因此就不能随意浪费，要抓紧时间讲自己所要讲的真话。而讲真话，不论在什么时候，都是不容易的。需要勇气，有时还需要非凡的勇气。这就是为什么会使我感到这是一本悲壮的书的原因。作者要讲的真话，很重要的一个部分是讲到了关于自己的毛病。"

"这是一本真实的书"，"这又是一本悲壮的书"，"讲真话"，这三点评价真是说到了点子上。在这部作品中，巴金虽然写的是身边琐事，写的是对"文革"的回顾，但他把自己完全放进去，真实地袒露自己的一切。应该说"讲真话"成为这部作品最大价值所在。曾几何时，真实、真话成为我们乞求的最高目标。对于黄裳的这篇文章，巴金是非常赞许的。黄裳回忆过巴金是当面称赞他写得好，这是少见的夸奖。

在《关于巴金的事情》中，黄裳再次提到这个意思："巴金是想认真弄清'文革'的来龙去脉，取得经验，使我们有可能不让这种'浩劫'再度发生。他为自己规定了几条，即使是身历其境、身受其害的人，如果不肯深挖自己的灵魂，不愿暴露自己的丑态，就不可能真正理解这个‘十年浩劫’。他写《随想录》，就是在不断地挖掘自己的灵魂，挖得越深、越痛，也愈困难。‘探索’的结果是说出了‘真话’，同时也用实践表现了一个作家的勇气与责任心。”

巴金对“文革”的反思及《随想录》的写作对黄裳应该有极大的触动。二十年后，在他的《十年旧梦》中依然表达着和《随想录》相近的意思：“我时常想起自己在十年动乱中的经历，追溯思想变化的历程，总是感到了苦痛的耻辱。这并不是指外来的凌辱，那是不能选择、也无从躲避的，也不应由自己负责。我觉得痛苦的是在一段时期里没有能严肃认真地面对生活，失去了做一个正直公民的勇气。甚至还想，十年的‘文化大革命’，也应该有自己的一份责任。这话听起来似乎狂妄而可笑，但事实总是事实。如果没有大量的精神境界像我一样的群众，那场大动乱是不会顺顺当当地发展到那样规模的。”在回顾十年的历程中，黄裳说自己是“从奴隶走向了奴才”。之后在被关押批斗一年左右的时间里，“倒实实在在地上了认真的一课，串演了人们指定并导演的角色，看透了那形形色色人物的心。只是在这时，我开始悟出，我们都是在扮演一出带有浓重时代色彩的戏文，为了运动和某些人的需要，我被选中成为主角。‘导演’拿着剧本，甜言蜜语诱导我说出早已写好的台词，演出一折‘大团圆’的闹剧。当然，我的‘大团圆’与阿Q的不能相比，可是从中发现了在这样的时势下，有点阿Q气也并非坏事，可以用它骗人骗己，度过难以理解、难以应付的生活。老实说，连过去的自认为有‘罪’，心甘情愿以酷刑‘赎罪’的思想，也与阿Q气有关。这时，虽已逐步从奴才境界中抽身，向奴隶转化，但这阿Q气的渗入到底还是带来了不少消极因素。”“阿Q气虽然可以帮助人们在艰难中度过时光，但确实是坏东西。它非但不能触动丑恶现实半分毫，还能帮助罪恶的车轮久久地顺利滑行下去。阿Q气与人的尊严是不能相容的。”[1]

这篇文章实在是写得好极了。黄裳承接着巴金对“文革”的反思，指出了在“文革”中失去公民应有的勇气，非常尖锐地指出了自身存在的问题，诚挚地承认自己的“顺民”状态，同时更深入地思考着“奴隶”“奴才”的问题，并与“阿Q气”联系起来，批判了阿Q气的恶劣影响，并提出了人的尊严问题。

黄裳这样的看法是一贯的。他曾谈及张中行的“顺生论”：“他在《读书》上发表一文，宣扬他的‘顺生论’（此书我没有拜读过）。主张‘好死不如赖活’，在国破家亡之际，主张宁当顺民，不做义民；表彰钱牧斋而贬斥陈子龙。我看这种意见是极危险的。如果全国人民都加以信奉，‘多难兴邦’是可以转化为‘多难丧邦’的。人们是会从‘求为奴隶而不可得’转化为以‘做稳了奴隶’为无上幸福的境界的。”[2]

“文革”虽已过去，有效的反思还需继续。

二、巴金印象

黄裳与巴金多年的友谊，相知情深，在黄裳文字的细致描绘中，给我们提供了如此生动鲜活的巴金印象。

黄裳在《思索》中写道：“巴金最近陆续发表着他的

---

[1] 黄裳：《十年旧梦》，《黄裳自述》，第25页。

[2] 黄裳：《我与三联的道义之交》，《来燕榭文存二编》，第123页。

《随想录》，在读者中间引起了强烈的反响。我并没作过什么调查，有关《随想录》的文章也只读过有限的几篇，我这样说自然也有我的根据。经过十年浩劫，在重新拿起笔来的老作家中，他是工作得最勤奋的一个。他有个写作的‘五年计划’，这是个雄心勃勃的计划，其中就包括有五本《随想录》。照他自己的意思，这将是他生活中探索的结果。这种探索是认真的，表达得是坦率的。他说的是真话，是经过考虑以后的真实思想。正如他自己所说，是交给读者的‘思想汇报’，他实践着自己的诺言，把自己的心交给了读者。因此，我相信，读者也必然会以真诚的感情向作家回报。”在此文中，黄裳深情地回忆起当年的初见，虽然谈话内容已无半点印象，但“发现巴金并不是我想象中的那样的大人物，他也还年轻、朴实、真诚，讲起话来好像有些口吃，常常用善意的微笑补足语言的不足”。“一九四六年在上海，巴金做着翻译和文学编辑出版的工作，主持着文化生活出版社的编务，就住在他的哥哥李林曾经住过的霞飞坊旧居里。我就像过去经常到李林先生那里去一样，常常到霞飞坊去。他家里经常有不少客人，都随便地坐在二楼的客厅里。主人却常常一个人躲在三楼，只有来了稀客或吃饭，才慢慢走下楼来。天气很冷的时候也只在身上披一件夹大衣，手里总是拿着一本书，有时嘴里还在轻声地读着。巴金说过，‘我不善于讲话，也不习惯发表演说’。这是确实的。我就不记得他对我讲过什么理论，文学上的事情也讲得很简单、很少。”“当时我在报社里当记者，每天要写许多各种样式的文字，他也从来没有对我说过什么意见。后来报纸被封门，我也失了业。他就把这些文章要去，选了一下，印成了一本小书；又建议我翻译冈察洛夫和屠格涅夫的小说，Garnett 夫人的一本也是他借给我的。我的偶然走上文学道路，就是这样开始的。”

在解放前，“读者可以从他的作品了解他的思想，他用不着在口头重复。他的拙于言辞并不是经常沉默的唯一的原因。”1952 年后，“发现他开始变了，话开始多起来，有时会唠叨地反复地说着什么，就像一个大孩子似的。这段时期他写了不少散文，歌颂伟大的祖国、歌颂志愿军英雄……他的感情是真诚的。他在《爝火集》的序里提到这些文字时表示了他的信心：‘我至少比有些人更爱我们的时代，更爱我们的国家。’这是他一九七八年底说的话，是经过了严峻的锻炼、考验以后说的，也是合乎事实的”。“文革”十年以后，“我发现他的满头白发，同时又发现，他的话少得多了，只是平静地叙述着一些事情，包括萧珊的死。我不想，但不能不提起这个。因为进门后坐下就看见了放在墙角一只小书桌上的萧珊的照片。他的话又变得很少了。但我发现他在平静地叙述着一些使人痛苦的事情，眼睛里仍然闪烁着热情、机智的光。知道他仍旧在做着翻译工作时，我感到安心。我知道他没有垮掉，他有可能挺过来，虽然当时谁都说不出这黎明前的黑暗还会延续多久”。十年“文革”后，“保持着或恢复了清醒的头脑的人们起初是沉默，接着就开始了思索（或探索），人们的唯一目的就是重新树立起被敌人破坏殆尽的信念。巴金在京都的一次讲话中说：‘我认为那十年浩劫在人类历史上是一件大事。不仅和我们有关，我看和全体人类都有关。要是它当时不在中国发生，它以后也会在别处发生。我们遭逢了不幸，可是别的国家的朋友免掉了灾难。’”

在《关于巴金的事情》文字里，黄裳再次回忆到当年和巴金的见面，在巴金家里的聚谈，巴金的日常生活工作状态，虽受生活冲击却通达、宽仁的心态。黄裳还特别提到了萧珊，写道："她对人没有私心，有的是同情。她愿意帮助随便哪一个陷入困难的人，天真得像一个小女孩一样。她受十九世纪外国文学的影响很深，说话、行事有时候就流露出这方面的影子。她喜欢写信，很美的、散文诗一样的信。""萧珊是忍受不了寂寞的，她爱朋友、爱热闹，喜欢在生活里有更多的光明和欢笑。她译普希金和屠格涅夫的小说，译得很美，带有她个人的风格。""只是她的善良、天真与长期以来生活环境中养成的作风、习惯与现实生活矛盾不少，一旦碰到'文化大革命'这样史无前例的大动乱，她是必然无法抵御的。"

2005 年，巴金去世。消息传来，黄裳坚持平静地看完了神舟六号返回的消息，可是上床后却一夜无眠。此时的黄裳已年近九十，"六十年来与巴老往还的往事，纷至沓来，次第上心，不能自已。真是没有法子。想想只有将这些如尘的记忆片断，捉到纸面上来，作为对老人的纪念，才能获得心的平静"。他回忆了与巴金的相知、相识过程，尤其写到几件之前从未提到过的事情："一次单位搞个人鉴定，我请他给我提意见，他指出我'拼命要钱'是大缺点。这批评是确切的。因为买旧书，钱总是不够用。于是预支版税算稿费，编书也要编辑费（如《新时代文丛》)，无所不用其极。为了买书，一次还向萧珊借过三百元，自然没几天就还了。可见他对我的批评也是说真话的。大型文学刊物《收获》一直是他主持着，八十年代我给《收获》写稿，没有一次退稿。但有两次小事可以看出他的处事风格。我有一篇'过去

的足迹'，是写吴晗的。篇末有许多文字被他一刀砍掉了。还有一篇当中有对老友不敬的话，也被他删去了。两次都没有同我商量，只是由编辑转告，对第二篇的处理，说明将来编集时可以补入。”对于巴金对自己的批评及主观地删削文字，黄裳丝毫没有生气，而是发出“我非常佩服他这种处事风格。觉得有如在大树密荫之下安坐，是一种幸福”。这是多么的相知、互信才能达到的境界。

在此文中，黄裳还提到巴金对文学青年的爱护之情：“巴老逝世，是中国文学界的大损失，损失了一位领军的人物。他享年一百零一岁，但依然站在时代前面。记得过去谈天时，我曾对新出现的作者文字不讲究，不够洗练、不够纯熟而不满，他立即反驳，为新生力量辩护，像老母鸡保护鸡雏似的。他是新生者的保护者，是前进道路上的领路人。他的两项遗愿，一是现代文学馆的建立，现在已初步建成，日益壮大；另一项是‘文革博物馆’的实现，虽然八字还没有一撇，但倡议确已得到广泛的拥护、认同。应可无憾。”

可以说，巴金不仅有对黄裳的提携、帮助，更有对他的直接的批评，关于这件事，黄裳在不同的地方回忆过：“有一次在巴金家，只见巴老手执一册《读书》摇摇地向我走来，说：‘怎么你写的文章我读不懂？’使我大为尴尬。自从《读书》版式初步定型以来，谈西方哲学文学的分量较重，作者也多；关于中国古典文献的文字少，嫌寂寞，我就主动退居末座，拾遗补缺，多谈些古籍之类的小题目。而巴老对此是少兴趣，甚至反感的。他的质问也正是理所当然。可以说是‘读不懂’论的最早出现。”[1]“大约是上世纪八十

[1] 黄裳：《我与三联的道义之交》，《来燕榭文存二编》，第122页。

年代初，一次在武康路做客，落座未久，巴老手持一册《读书》走来：‘怎么净写些我也看不懂的东西！’这是少有的对我的严肃批评，给我颇大震撼。回忆上世纪七八十年代之交，重新获得发表作品权利以来，我的确写了不少东西。而这正是巴老每见必提醒要我多写鼓励的结果。我当时的写作，大体有三个方面。一是写杂文和游记零篇，多发表于‘大公园’，荣幸地追随《随想录》之后以‘特约稿’的方式出现；二是写较长篇的记人、记游文字，多发表在《收获》上；三是在《读书》上的连载‘书林一枝’。当时‘拨乱反正’，被抄没的藏书，陆续部分地发还，这意想不到的旧物重归，在我是一种大欢喜，也触动了旧有的读书灵感，在写了一些论辩文字之外，也随意地说到有关访书的种种琐事。说的是旧人旧事，但也不老实地隐约地说到零碎感触，表面上看是在抄古书，但自有自己抄的方式、方法。我在‘故人书简’中录入钱默存信中语：‘忽奉惠颁尊集新选，展卷则既有新相知之乐，复有重遇故人之喜。深得苦茶庵法脉，而无其骨董葛藤酸馅诸病，可谓智过其师矣。’默存写信，正如他随意谈天，不可当真。我想这种联想必不止一人，看见也在抄书，便归之于周作人系统，不像钱默存，于同中能见其异，不致陷于隔膜。我想巴老的意思也是如此，他鼓励我多写作品，但又不愿我陷入‘骸骨迷恋’，这也正是我时时警惕、提醒自己的。”[1] 这是真正的挚友诤友才会有的举动。巴金的真实、真诚在黄裳的笔下得以重现。

黄裳心悦诚服地接受巴金的批评。其实，在巴金这位亦

[1] 黄裳：《巴金和李林和书》，《来燕榭文存二编》，第 219 页。

师亦友面前，黄裳还是谨言慎行，有些畏惧的。他也不止一次提及因为巴金不喜欢旧书，尤其不喜欢收集旧书，对黄裳痴迷旧书也有些看不上，所以每次去巴金那里，黄裳路上买的旧书就只有被悄悄放在门外的待遇了。

三、关于文坛的人和事

黄裳与巴金的交往必然会涉及文坛的诸事诸人。这些通过黄裳与朋友的通信可以得见，兹举一些：

1. 信早收到，因等巴先生回来迟至今日始复。巴公昨天始归，刚才才去看他，正在“闭门谢客”，不过精神很好。七十多岁的人，开了一个多月的会，仍能保持很好的精神，很不容易，还是有很多话，说起来兴致很好。提起诺贝尔奖事，他说今年已宣布给了别人，又有希腊某名作家主张明年要给他。中国有两个候选人，另一个是茅盾，已有外国记者访问了这两位（许多都是他女儿说的）等……（1979 年 12 月 1 日致杨苡）

关于诺贝尔文学奖一事，巴金 1979 年 3 月 3 日致萧乾的信可见其态度：“诺贝尔奖金的事，我也搞不清楚。主要是法国一些汉学家在活动，他们从七五年就搞起，似乎还在搞。我看不那么容易，所以有人说要得奖必须长寿。候选人有的是，也用不着发表演说，只有得了奖才得去瑞典乱讲一通。我怕讲话，因此也为落选暗暗感到高兴。”[1]

2. 信及《译林》等都收到，今晨将文件一叠交给巴公，

[1] 巴金：《巴金全集》，第 24 卷，第 386 页。

南师的那本也看到了，实在过于寒伧了。那个魏先生实在是个善钻的人物，从不放过替自己做广告的机会。那篇文章比起在《大公报》发表的，减去了有关曹禺和李玉茹的故事。（1980 年 5 月 2 日致杨苡）

3. 巴金关于资料馆的建议又提了一下，很好，大约可以促成其成功。如能成功，吾兄鼓吹之功不可没也。（1981 年 3 月 17 日致姜德明）

这是指《人民日报》1981 年 3 月 12 日发表巴金倡议建立中国现代文学馆的《〈创作回忆录〉后记》，并配发“编者后记”，申明倡议得到了茅盾、叶圣陶等老作家响应。

4. 那天曹禺和李玉茹也来了。巴公对曹禺在座谈会上的第二次发言加以批评。说北京很多人都对他有意见，曹禺是满肚皮有苦说不出的样子。巴公劝他把《桥》写完，他好像颇有兴趣。但说，这戏“是”骂国民党的，但看来和今天怎么那么像啊！他怕人家说他“影射”。曹禺给我读了一遍他在此戏前写的一段 Motto，是个希腊诗人的诗，大意为“让我自由、自由地看，想，表现自己的意念……”他是很激动的。（1981 年 10 月 23 日致杨苡）

巴金对曹禺的劝告早在 1979 年 1 月 26 日随想之六《“毒草病”》中就曾公开提出：

我最近写信给曹禺，信内有这样的话：“希望你丢开那些杂事，多写几个戏，甚至写一两本小说（因为你说你想写一本小说)。我记得屠格涅夫患病垂危，在病榻上写信给托尔斯泰，求他不要丢开文学创作，希望他继续写小说。我不是屠格涅夫，你也不是托尔斯泰，我又不曾躺在病床上。但是我要劝你多写，多写你自己多年来想写的东西。你比我有才华，你是一个好的艺术家，我却不是。你得少开会，少写表态文章，多给后人留一点东西，把你心灵中的宝贝全交出来，贡献给我们社会主义祖国。……”

我不想现在就谈曹禺。我只说两三句话，我读了他最近完成的《王昭君》，想了许久，头两场写得多么好，多么深。孙美人这个人物使我想起许多事情。还有他在抗战胜利前不久写过一个戏(《桥》)，只写了两幕，后来他去美国“讲学”就搁下了，回来后也没有续写。第二幕闭幕前炼钢炉发生事故，工程师受伤，他写得紧张、生动，我读了一遍，至今还不能忘记，我希望他、我劝他把《桥》写完。[1]

5. 你对萧乾的评价，完全正确。我和巴先生也说了我的意见(未如此尖锐)，他笑而不答，过了一会说，他给《大公报》写了一篇，说现在有些纪念文章，其实是在吹捧自己，可见他也是明白的，但不说而已。他近来的确衰老，但我看也没有什么，也许是多看见的关系。头脑非常清楚，也无大病，只是伤风之类，只想劝他少工作，但我知道这种劝告是无效的。我自己深深懂得这一点。(1982 年 2 月 18 日致杨苡)

6. 巴公回沪后第二天去看他，精神甚好，疲倦是不免的。他的总之是比前一时期好了。他这次在京去看了叶老、

[1] 巴金:《随想录》三联版合订本，第 27 页。

周扬、冰心、沈从文。沈的房子太不像话了。只两小间，东西都无处存放，据说他是研究员，只能住这样的房子。最近他当选为作家协会顾问，据说这个“官”衔，等于副部长级，但何时能换房子，尚不可知。（1985年4月20日致杨苡）

……

除了文坛诸事，在黄裳和他人的通信里，读者可以了解巴金晚年生活的点滴。黄裳成为巴金的发言人。这些尤其在黄裳和杨苡的通信中多见。

关于巴金，黄裳先后写了总数达6万字左右的八篇长文来记述两人之间的交谊。从这些充满感情的文字中，我们不但看到巴金先生对黄裳先生的欣赏与提携、关照，以及两位文坛大师的惺惺相惜之情，也能从中看出黄裳先生对于巴金先生的感恩之情。这是美好的文坛掌故。

第二章　黄裳与汪曾祺

黄裳和汪曾祺结识于20世纪40年代，二人之间有过密切交往，有过放纵无忌的通信，也有逐渐陌路的疏离。他们的交往既让我们看到那个时代年轻人的风姿，也让我们感受到时代、社会的变动对个人的影响，同时也能见出黄裳眼中的汪曾祺。

一、谈交往的历程

在《故人书简·忆汪曾祺》中，黄裳写道："认识汪曾祺，大约是一九四七年至一九四八年顷、在巴金家里。那里经常有萧珊西南联大的同学出入，这样就认识了，很快成了熟人。常在一起到小店去喝酒，到DD’S去吃咖啡，海阔天空地神聊。一起玩的还有黄永玉，一个写小说的，一个刻木刻、画画的，都是才气纵横但穷得叮当响的'文化人'。"这样的交往在黄永玉笔下变得妙趣横生起来："那时我在上海闵行县立中学教书，汪曾祺在上海城里头致远中学教书，每到星期六我便搭公共汽车进城到致远中学找曾祺，再一起到中兴轮船公司找黄裳。看样子他是个高级职员，很有点派头，一见柜台外站着的我们两人，关了抽屉，招呼也不打，昂然而出，和我们就走了。曾祺几次背后和我讲，上海滩要混到这份功力，绝不是你我三年两年练得出来。我看也是。星期六整个下午直到晚上九十点钟，星期天的一整天，那一年多时间，黄裳的日子就是这样让我们两个糟蹋掉了。还有那活生生的钱！”一次微醺后，黄永玉被两个婆姨拉住往弄堂里拖。“挣扎了好一会，两位女士才松了手，这时我听到黄裳那放开喉咙的笑声。两位仁兄慢慢走近，我似乎是觉得他们有些过于轻浮，丝毫没有营救的打算，继续谈他们永远谈之不休的晚明故事。眼看朋友遭难而置若玩笑，我设想如果黄裳或曾祺有我遭遇，不见得有我之从容。那次的笑声似乎是震惊了马路周围的人，引开众人对我狼狈形象的关注，若如此，这又是一种深刻意义的救援了。”[1]

解放后，彼此之间的交往渐渐稀少。1954 年，黄裳去北京，有匆匆一面。当时汪曾祺在编《说说唱唱》，颇有点儿落魄的样子。1957 年后，他们都受到冲击。之后，汪曾祺加入北京京剧团做编剧。“这一步跨得好远，从小说散文到京剧编剧，真不知道他是怎样跨过去的。”后来，汪曾祺还跟随剧团到上海演出，带来的剧目是《沙家浜》。此时的汪曾祺“不再像过去那样意气风发，老成了许多”。他后来还上了天安门。进入 20 世纪 80 年代后，汪曾祺变成了忙人。黄裳笔下写道：“我发现曾祺兴致很好，随处演讲，题诗，作画，不知疲倦。不过促膝神聊的机会没有了。”[2] 到了 20 世纪 90 年代，“曾祺和我分居两地，来往浸疏，甚至彼此有新作出版，也少互赠，以致别寻途径访书”[3]。

[1] 黄永玉：《黄裳浅识》，《爱黄裳》，第 6 页。

[2] 黄裳：《故人书简——忆汪曾祺》，《故人书简》，第 200 页。

[3] 黄裳：《也说汪曾祺》，《来燕榭文存二编》，第 62 页。

三个人的交往，从最初的亲密无间到最后的疏离，也是颇让人感慨。

黄裳最后一篇关于汪曾祺的文字写于2010年2月27日。其写作背景在顾村言回忆黄裳的文章里见得清楚："2010年元宵是汪曾祺诞辰90周年，编辑部讨论在东方早报做一期汪曾祺纪念专版，自然想到了老人——1947年前后，年轻的汪曾祺除了去巴金家的沙龙，更常与年龄相差无几的黄裳、黄永玉结伴漫步上海霞飞路，评说天下，臧否人物，那样一种意气风发与灵性的挥洒让人追慕不已。记得我电话也没打，直接写了一封信快递给老人，信中有：'李辉去年写有一文考证汪曾祺与黄永玉的交往与友情的变化，起首便是从1947年他们二人与您在上海霞飞路压马路写起……不知黄老是否愿意写一些文字回忆您与在上海的汪曾祺，如能写，就请电话我。'

"这封信写出去其实并没有抱太大的希望，毕竟老人岁数太大了（当时91周岁高龄），然而出人意外的是，第二天下午，就接到老人女儿的电话，嘱我去取稿件，原来老人当天晚上收到信后，便就有不少感想，大概沉入了对老友的追忆之中，次日上午便一气呵成写成了一篇两千多字的《忆曾祺》，文中回忆了当时汪曾祺在上海的不少细节，弥足珍贵，我曾'警告'他不可沉湎于老北京的悠悠长日，听鸽哨而入迷，消磨'英雄志趣'，他的回信十分有趣，历经离乱，此笺已不复存，是可惜的。而文末更有几句感叹让人几欲废卷，'此后的笺札浸疏，倒是永玉通信中时常提起曾祺消息。李辉在现存永玉给我的信里涉及曾祺的零碎消息中，可以体会到他俩之间交往的变化，使我为之担心。常恐沪上一年交游之盛为不堪回首的记忆，是无端的杞忧么，不可知矣’。这句话的背景自然是汪曾祺与黄永玉友情的变化，而这样的变化在老人看来其实是痛在心里的，而这样的变化到底是什么引发的呢？社会，市场，人心？或许老人是清楚的，只是不便言明罢了。”[1]

而汪曾祺对待这份感情，也是全身心地投入。比如1947年他给黄裳写过一封很怪的信：“黄裳仁兄大人吟席。仁兄去美有消息乎？想当在涮羊肉之后也。今日甚欲来一相看，乃舍妹夫来沪，少不得招待一番，明日或当陪之去听言慧珠，遇面时将有得聊的。或亦不去听戏，少诚憩也。则见面将聊些什么呢？未可知也。饮酒不醉之夜，殊寡欢趣，胡扯淡，莫见怪也。慢慢顿首。”[2] 看此信，能嗅出汪曾祺年轻时候的狂傲的气息：喜酒、爱戏，加之交友之乐都有。此信似带醉而写，更能够看出彼此的友情。

那时候的黄裳、黄永玉对汪曾祺都很看重，以为大有潜力。他们之间的互相欣赏，现在看来也是一段佳话。

二、谈作品观感

对于汪曾祺的创作，黄裳一直是很关注的。这自然是朋友交往的自然现象。黄裳对汪曾祺作品了解是很深的。

在《故人书简——忆汪曾祺》中黄裳引了汪曾祺当年的一封信之后评说道：“信是用钢笔，蝇头小字写的。字迹娟秀如其人。就像平常聊天一样。这信写得自如，丰满，情趣盎然。五十年后重读，就和促膝谈笑一样。他总是对那些生活琐事有浓厚兴趣，吃的、看的、玩的，巨细靡遗，都不放

[1] 顾村言：《不会消失的歌——忆黄裳先生》。

[2] 黄裳：《也说汪曾祺》，《来燕榭文存二编》，第65页。

过。他的小说为什么总使人想起《清明上河图》来，道理就自此。这信是散文么，还是小说，说不清楚。他晚期的有些短篇，就是这样，没有情节，甚至没有人物。只有一点儿气氛，却能中人欲醉。我说过，散文和杂文中间没有一条必定的界限，在曾祺，散文与小说也是如此。"[1]

在创作方面，黄裳应该是深知汪曾祺的。他认为汪曾祺的作品"往往是'平淡'的。因为往往写的完全是'实事'。这在他晚期三篇一组的短篇中，表现得最着实。他甚至吝啬得不肯多加一点'多余'的东西""这种写作上的'洁癖'，真是没有办法的事。从这封信里，从他的作品里，似乎可以隐约地察觉到他受废名、也许还有阿左林的影响颇深。"[2]

"他的作品，除了流誉众口的《受戒》等两个短篇，我的感觉，足以称为杰作的是《异秉》（改本），能撼动人心的是《黄油烙饼》和《寂寞的温暖》，这两篇都含有'夫子自道'的成分。《七里茶坊》也好，但采取的是旁观态势。最晚的力作则是《安乐居》。值得一说的是他的《金冬心》。初读，激赏，后来再读，觉得不过是以技巧胜，并未花多大的力气就写成了，说不说'代表作'。""无论文体如何变换，结体的组织，语言的运用，光影闪烁，炫人目睛，为论家视为'士大夫'气的，都是'诗'，是'诗'造成的效果。"[3]

三、交往后面的文坛人事

人与人之间的结识交往有各种起因。或者是性情禀赋相近，大有同道之感；或者是特殊的时空，过去就少留痕

[1] 黄裳：《故人书简——忆汪曾祺》，《故人书简》，第 189 页。

[2] 黄裳：《故人书简——忆汪曾祺》，《故人书简》，第 195 页。

[3] 黄裳：《也说汪曾祺》，《来燕榭文存二编》，第 64 页。

迹；或者是偶尔的机缘成为人生的永恒或刹那的动人。各种情况也带来不同的交往模式。而当结识者是知名人士的时候，对其探究的兴趣就愈大。在古今中外的文化文学史上，有多少交往被津津乐道呢。

而就黄裳和汪曾祺的交往始末按，既有感情建立的基础，也有成年后渐行渐远的社会政治因素，或者说在其后还是不同的人性在作评断。

黄裳多年来买书藏书，对于古籍版本的见识出其右者不多。在这点上，汪曾祺是欣赏佩服的。他在讲到在上海逛书摊时，提及了这位书友。《读廉价书·旧书摊》云："在上海，我短不了逛逛旧书店。有时是陪黄裳去，有时我自己去。也买过几本书。印象真凿的是买过一本英文的《威尼斯商人》。其实大概是想好好学学英文，但这本《威尼斯商人》始终没有读完。我倒是在地摊上买到过几本好书。我在福熙路一个中学教书。有一个工友，姑且叫他老许吧，他管打扫办公室和教室外面的地面，打开水，还包几个无家的单身教员的伙食。伙食极简便，经常提供的是红烧小黄鱼和炒鸡毛菜。他在校门外还摆了一个书摊。他这书摊是名副其实的'地摊'，连一块板子或油布也没有，书直接平摊在人行道的水泥地上。老许坐于校门内侧，手里做着事，择菜和清除铁壶的水碱，一面拿眼睛向地摊上睐着。我进进出出，总要蹲下来看看他的书。我曾经买过他一些书——那是和烂纸的价钱差不多的，其中值得纪念的有两本。一本是张岱的《陶庵梦忆》，这本书现在大概还在我家不知哪个角落里。一本在我来说，是很名贵的，万有文库汤显祖评本《董解元西厢记》。我对董西厢一直有偏爱，以为非王西厢所可比。汤显祖的批语包

括眉批和每一出的总批，都极精彩。这本书字大，纸厚，汤评是照手书刻印的。汤显祖字似欧阳率更《张翰帖》，秀逸处似陈老莲，极可爱。我未见过临川书真迹，得见此影印刻本，而不禁神往不呈。'万有文库'算是什么稀罕版本呢？但在我这个向不藏书的人，是视同珍宝的。这书跟我多年，约十年前为人借去不还，弄得我想到用汤评时，只能于记忆中得其仿佛，不胜怅怅！”[1]

再举黄裳的一段文字。如他谈《倚声初集》：“南陵徐氏所藏诗余最富，年来余所收不少，多明刻善本及清刻零种，曾嘱书友更为余致之，久而无所得，亦淡忘之矣。一日过来青阁，见架上有旧本诗余数种，即得其康熙刻之‘古今词汇’三编，有积余藏印，即寻书出谁何，估人告积余生前以词集二十许箱售归林葆恒，即卷前钤印之切庵也。为之狂喜，即嘱陆续更为余致之。一月后乃见此本及荆溪词、瑶华集、记红集、词洁、留松阁十六家诗余等，以百金易之。皆罕见难求之册，一旦收之，大快事也。”[2]

对比二人的文字，彼此的个性就看出来了，黄裳一旦进入版本话题，就十分专业，愈说愈深，痴意绵绵。汪氏则偏于经历与书的漫谈，他的书趣之乐固然很多，而不及书外的人与事更引人为乐。

许多年后，黄裳回忆与汪曾祺的交往，还留下了这样一段话：“回忆 1947 年前后在一起的日子。在巴金家里，他实在是非常‘老实’、低调的。他对巴老是尊重的（曾祺第一本小说是巴金给他印的），他只是取一种对前辈尊敬的态度。

---

[1] 汪曾祺：《汪曾祺全集》，第 3 卷，第 37 页。

[2] 黄裳：《来燕榭书跋》，第 269 页。

只有到了咖啡馆中，才恢复了海阔天空、言谈无忌的姿态。月旦人物，口无遮拦。这才是真实的汪曾祺。当然，我们（还有黄永玉）有时会有争论，而且颇激烈，总是快活的，满足的。我写过一篇《跋永玉书一通》，深以他俩交往浸疏为憾，是可惜两个聪明的脑壳失去碰撞机会，未能随时产生‘火花’而言。是不是曾祺入了‘样板团’、上了天安门，形格势禁，才产生了变化，不得而知。”“二十世纪八十年代前后，我有两次与曾祺同游。一次是随团去香港访问。不知曾祺是否曾被邀请作报告，我是有过经验的。推辞不掉，被邵燕祥押赴会场（燕祥兄与陆文夫似同为领队），并非我不喜欢说话，实在是觉得那种在会场上发言没有什么意思。又一次与曾祺同游，一起还有林斤澜、叶兆言负责照顾我们的生活，从扬州直到常州、无锡，碰到高晓声、叶至诚。一路上逢参观学校，必有大会。曾祺兴致甚高，喜作报告，会后请留‘墨宝’，也必当仁不让，有求必应。不以为苦，而以为乐。这是他发表《受戒》后名声鹊起以后的事。”对于汪曾祺的变化，黄裳不客气地指出：“这是社会环境、个人处境的变化对作家内心有所影响而产生的后果的两个好例。”黄裳还通过汪曾祺公开发表和私下信件里对张君秋的描写，说明汪曾祺“为文，不是没有斟酌、考虑的。他自有他的‘分寸’。”

这是黄裳比较明确的对汪曾祺前后变化的评说。其实，汪曾祺的这种转变在二人 20 世纪 60 年代的通信讨论中即见端倪。

在《关于王昭君——故人书简·忆汪曾祺》中黄裳回顾了当年汪曾祺写《王昭君》时两人的书信往来及对有关王

昭君的历史及戏剧的讨论。“六十年代初期，有一种‘翻案风’，对历史人物每作出新颖的理解，多表现在新创作的历史剧中，不知道曹禺是否奉命或得到某种提示后进行创作的。曾祺在此际又为张君秋写同一题材的京剧脚本，可见并非偶然兴起执笔，而是当时的一种风尚。”[1] 这篇文字看来简单，里面包容的史实却不少。王昭君作为历史上有名的女性，在现代以来的文学作品中不断被演绎。从郭沫若的《三个叛逆的女性》中的《王昭君》，到曹禺的《王昭君》，再到汪曾祺的，形象塑造后面引发的是关于历史和个人的思考。在 20 世纪 60 年代的风潮中，艺术完全为政治而服务是现实政治对作家的要求。面对这样的要求有的作家是被迫的，而汪曾祺看来是积极地响应，以至于写历史剧而不看历史，甚至要在剧中重新安排历史。我想，多年后，在黄裳的这封信中对之后他们的疏离已经给出了理由。

在文字的气质上，黄裳虽深受周作人影响，但在气质人格上更贴近鲁迅，而汪曾祺与鲁迅隔膜的地方很多。“黄裳是喜欢打笔墨官司的人物，对不喜欢的东西，愿意说一些刺耳的话。表里一致，也未尝没有偏执之处。汪曾祺有牢骚多在私下说说，很少形诸笔墨，以和为贵，不伤于人。这样的选择，是审美的差异，其实未尝不是人生观的差异。在散文的写法上，黄裳趋于古朴，汪曾祺则是清淡也有，温润也多，更有些意思。他们的文章，在中国是少有的好的。而汪氏富有变化，那是黄裳不及的地方。汪曾祺在内心是佩服黄裳的，因为他有学问，文字也属于高水准的。

---

[1] 黄裳:《关于王昭君——故人书简·忆汪曾祺》,《故人书简》,第 206 页。

20世纪80年后期，香港要搞一个飞马奖，奖励中国的作家，他推荐了黄裳，但黄裳拒绝了。汪曾祺当时如何想，不得而知。从他们晚年的情形来看，路径真的不同，好像也有隔膜的地方。黄裳越来越像个学者，汪氏则还是社会的游走者，随意而好玩。”[1]

孙郁先生的这段文字，对二人都有佳评。但从黄裳的角度看，道不同的渐行渐远也是政治人格的体现。

[1] 孙郁：《汪曾祺与黄裳》，《书城》，2013年第9期。

第三章　黄裳与钱锺书

有学者指出，“在中国现代文学史上，钱锺书是一个特殊的作家，他的特殊性主要表现在他对同时代的中国知识分子似乎极少正面评价，他是文学评论家，但他几乎从没有正面评价过他同时代的作家，他在学生时代评价过同学曹葆华的诗歌，但也是否定为主。”[1] 以目前已有的资料来看钱锺书对其清华同学曹葆华的新诗集《落日颂》所作的评论，可以说是钱锺书学术生涯中唯一一篇完整的新文学作品论。在钱锺书对同时代作家的评论中，他对黄裳却推崇有加，值得我们关注。

黄裳与钱锺书结缘，大约始于 1948 年。当时他的《关于美国兵》刚出版，再加上彼时黄裳正在收集师友的墨迹，就给钱锺书寄去了两张诗笺，不久收到了钱锺书夫妇二人的赠诗，就将其收入《珠还记幸》中的开首两页。对于这样的交往，黄裳解释是：“默存谈笑间咳唾珠玉，即长笺短札亦复风趣可观。他每有著作，我也必向之索赠。这事四十年前既已如此。”[2] 以钱锺书新时期以来在学界的地位来看，黄裳

[1] 谢泳：《钱锺书与周氏兄弟》，《文艺争鸣》，2008 年第 4 期。

[2] 黄裳：《故人书简——钱锺书十五通》，《故人书简》，第 158 页。

如此的做法看来怪异，但是在20世纪40年代，以一个大报记者的身份和名人结识，应该也是自然之举。或者说，初始有些尴尬，黄裳有些过于主动，但毕竟有文人、才子间的惺惺相惜，所以他们的交往越来越多。

1950年春，钱锺书还为黄裳写下了“遍求善本痴婆子，难得佳人甜姐儿”妙联，分指黄裳觅得《痴婆子传》抄本及其爱慕黄宗英的轶事，传为文坛佳话。从黄裳保留的十五通钱锺书复函或来函可见，在两人的书信往来中，多是黄裳赠书索书，后者复之以长笺短札。钱锺书的信函皆以文言文写就，颇有旧文人酬酢之风，文笔或俏皮风趣，或精致典雅，堪称咳唾成珠。内容除自述近况、答问赠诗之外，每有盛赞黄裳散文艺术之语，比较重要的是如下几则：

比见《人民日报》及读书杂志中大作，均隽妙迴异凡响。忆蔬堂李翁晚岁识君，驰书相告，喜心翻倒，老辈爱才，亦佳话也。题目仰观俯拾，在在都是。所谓宇宙之大，蝇虱之微，……

报刊上每读高文，隽永如谏果苦茗，而穿穴载籍，俯拾即是，着手成春。东坡称退之所谓云锦裳也，黄裳云乎哉。

每于刊物中睹大作，病眼为明，有一篇跳出之感。兄虽考订之文，亦化堆垛为烟云。时贤小品，抒情写景，终作握拳透爪、戴石臼跳舞之态。瓯北诗云：“此事原知非力取，三分人事七分天”，信然。

项奉《山川·人物·历史》，昔之仅窥豹斑龙爪者，今乃获睹全身。情挟骚心，笔开生面，解颐娱目，荡气回肠，兼而有之。

忽奉惠颁尊集新选（即《榆下说书》——笔者按），展卷则既有新相知之乐，复有重遇故人之喜。深得苦茶庵法脉，而无其骨董葛藤酸馅诸病，可谓智过其师矣。[1]

从上面所录的几段文字来看，不能否认钱锺书完全没有溢美之词，但基本是从黄裳文笔的特质出发，把握住了其写作风格。谈其选材之广："宇宙之大，蝇虱之微。"林语堂当年在《人间世》发刊词中说道："盖小品文，可以发挥议论，可以畅泄衷情，可以摹绘人情，可以形容世故，可以札记琐屑，可以谈天说地，本无范围，……宇宙之大，苍蝇之微，皆可取材。"[2] 这个说法在周作人的文章中得到了充分的表现，正如张中行对自己老师的评价："在我的师辈里，读书多，知识丰富，周氏应该排在第一位。这最明显地表现在他的文章里，上天下地，三教九流，由宇宙之大到苍蝇之微，他几乎无所不谈。而凡有所谈，都能看得细，见得深，使读者增加知识之外，还能有所领悟。"[3] 这里钱锺书也用这八个字来评黄裳，就将黄裳的创作与当时小品文的风尚联系了起来。谈其文章风格："隽永如谏果苦茗"；谈其写作手法："穿穴载籍，俯拾即是""化堆垛为烟云"等。并最早指出黄裳散文与周作人文章的师承关系。

1982 年 6 月，金陵书画社出版了黄裳的散文集《金陵五记》。该书共分五辑，分别为"白门秋柳""旅京随笔""金陵杂记""解放后看江南""白下书简"，收录了

[1] 黄裳：《故人书简——钱锺书十五通》，《故人书简》。

[2] 林语堂：《人间世·发刊词》，《人间世》，1934 年第 1 期。

[3] 张中行：《〈周作人文选〉序》。

1942年至1979年间五访南京所写下的有关南京的40多篇散文，黄裳将此书寄给钱锺书赏鉴。钱锺书在1982年10月复函中所谓“承惠寄重印本记游旧集”，即指《金陵五记》。他对黄裳散文“化堆垛为烟云”的评价，就是对这部作品集的看法。

钱锺书评论鲍照《舞鹤赋》中“众变繁姿，参差清密，烟交雾凝，若无毛质”这一段描写说：“鹤舞乃至于使人见舞姿而不见鹤体，深抉造艺之窈眇，匪特描绘新切而已。体而悉寓于用，质而纯显为动，堆垛尽化为烟云，流易若无定模，固艺人向往之境也。”[1]可见，“堆垛尽化为烟云”，类似于“鹤舞乃至于使人见舞姿而不见鹤体”，也类似于“舞人与舞态融合，观之莫辨彼此”，乃是钱锺书所赞赏的艺术胜境。

《金陵五记》中《秦淮拾梦记》一文中的以下片段，就颇能展现黄裳“化堆垛为烟云”的功力：

我就在这里紧张而又悠闲地生活过一段日子，也并没有什么不满足。特别是从《白下琐言》等书里发现，这里曾经有过一座“小虹桥”，是南唐故宫遗址所在，什么澄心堂、瑶光殿都在这附近时，就更产生了一种虚幻的满足。这就是李后主曾经与大周后、小周后演出过多少恋爱悲喜剧的地方；也是他醉生梦死地写下许多流传至今的歌词的地方；他后来被樊若水所卖，被俘北去，仓皇辞庙、挥泪对宫娥之际，应当也曾在这座桥上走过。在我的记忆里，户部街

[1] 钱锺书：《管锥编》，第1312页。

西面的洪武路，也就是卢妃巷的南面有一条小河，河上是一座桥，河身只剩下一潭深黑色的淤泥，桥身下半也已埋在土里，桥背与街面几乎已经拉平。这座可怜的桥不知是否就是当年“小虹桥”的遗蜕。

三十年前的旧梦依然保留着昔日的温馨。这条小街曾经是很热闹的，每当华灯初上，街上就充满了熙攘的人声，还飘荡着过往的黄包车清脆的铃声，小吃店里的小笼包子正好开笼，咸水鸭肥白的躯体就挂在案头。一直到夜深，人声也不会完全萧寂。在夜半一点前后，工作结束放下电话时，还能听到街上叫卖夜宵云吞和卤煮鸡蛋的声音，这时我就走出去，从小贩手中换取一些温暖。[1]

第一段文字，将历史时空与当下景物融为一体，南唐李后主缱绻贪欢、歌吟作乐、屈辱被俘的史实，不再是故纸堆中的冰冷记录，而是近在眼前的生活故事，隐约间似能听到李后主从小虹桥走过的步履声。第二段文字，描述民国时期南京户部街的市井生活，文笔舒展、生动，富有人情味，也极具立体感，读者的听觉、视觉、嗅觉均被调动起来，耳边是黄包车的铃声和叫卖夜宵的声音，眼前是咸水鸭的肥白躯体，鼻子里钻进了小笼包开笼后的香味。写活故实，融入当下，沧桑之感与生活实感因而水乳交融，这就是黄裳的本事，也是“化堆垛为烟云”的实质。

黄裳自述《金陵杂记》创作心路说：“在这个六朝古都，随时随地都会碰到古迹，大有逛古董铺的意味。历史并不都

[1] 黄裳：《金陵五记》，第 138 页。

是木乃伊那样的事物，与新鲜的人事往往有着千丝万缕的联系，访古也不只是雅人的行径，这是我在写这些随笔时的真实感受。”这就意味着，黄裳是有意识地将新鲜人事融入他的访古记游，从而赋予历史以性灵，赋予古迹以生命。

由此可见，钱锺书对于黄裳散文特点的把握、总结是非常到位的。这在很大程度上成全了他们的交往。

而在黄裳与钱锺书的通信中，在黄裳的评述中，我们也能得见钱锺书的样貌。比如在1962年黄裳近于绑票性质的约稿，钱锺书不是慨然应约，而是满腹牢骚，这可以“看出他对自己的著译是如何的审慎”，对黄裳也是颇有意见。但是学者似乎不易让对方下不了台，还是被动地完成黄裳交付的各项工作。

1980年，《围城》新版，黄裳没有买到，向钱锺书讨书，钱锺书将自己留存的一册挂号寄给黄裳，在附信中说：“裳兄函索此书，手边只存是本。不敢自秘，倾箧上贡。感惠酬知耶？畏威乞怜耶？姑学太白之笑而不答，留供后世学人聚讼题目。一笑。”钱锺书在这篇短札中到底想说什么呢？黄裳在文中写道：“默存先生的长笺短札，正像他平时谈话一样，是庄谐杂出，极得手挥目送之致的。这写在书前的小跋更是一个特例。不料不等‘后世学人’的聚讼，早已得到‘当代学人’的讥评，现在就将附此书同寄的原信发表出来，与兴趣的‘学人’不妨做进一步的研词。新文学书的版本研究是一门新兴的学问，成绩不小，收获甚多，但也应防止陷入琐屑沦于恶趣。像这样一本小书的投赠，是不值得聚而讼之的。默存先生流露出来的微意，大抵就是如此。友朋戏谑之言，也当不得真。”这是黄裳对所谓考据学的揶揄。也对新文学的辑逸工作提出了他的看法："平心而论，搜集佚文、编成全集的事，是古已有之的。从或一角度看，也是研究的基础工作。近来人们推而广之，新文学的辑逸工作也已成一种显学。"虽然黄裳说要尊重作者的意愿，但他也未必没有劝导钱锺书不必过于爱惜羽毛之意。

就钱锺书的《围城》，黄裳写过两篇文章：《〈围城〉书话》《〈围城〉书话续》。在这两篇文字中，黄裳回顾了《围城》的创作及版本情况，更着重指出的是钱锺书"对我这样的求索不已，是颇有些微讽的。所说'后世学人'云云，则是他一贯的意见，对发掘古墓摸金校尉似的新文学文献搜寻家，他一直不以为然。他过去发表过的零星旧作，也绝不希望被一一发现，重印"。在《〈围城〉书话续》中又借和陈思和的论辩，就新文学的汇校本进行了辨析。

从黄裳和钱锺书的交往来看，更多的是学者之间的酬和。这一视角也有助于对钱锺书的性格进行深入研究。

第四章　黄裳与吴晗

黄裳在谈到与吴晗的交往时提到：当年在昆明时，对南明历史深有兴趣。自己也想写一篇并非怀古的文章，可苦于没有资料，想向当时在西南联大的明史研究学者吴晗请教，可是只给他写过一封信，没有见面的机缘。后来再续前缘是到了 1946 年，当时黄裳负责《文汇报》的“文教版”，想起了吴晗，就又写信“到北平的清华大学去，希望他给这张报纸以支持”。黄裳说：“我没有忘记他的《旧史新谈》，我深信这依然是一种有效的新颖的斗争武器；并且相信，这样的文章出现在报纸的新闻版面上也并没有什么不合适。”[1]

后来黄裳在副刊《浮世绘》上写了《旧戏新谈》的连载，是受了吴晗的《旧史新谈》的影响。吴晗对黄裳的这些文章也很喜欢，在通信中常常谈及。后来还特别为单行本作了序。吴晗是热情、讲义气、睿智而勇敢的。在黄裳编《浮世绘》时，作为“娱乐版”与专业学术关系不大，但还是写文章积极支持。后来在报纸被封后，写信劝慰开导黄裳：“报纸打烊，在意料中。此间同仁极为悲观，以为非局面全

[1] 黄裳：《过去的足迹——吴晗纪念》，《故人书简》，第 4 页。

变，不可能再开门。烟突全被闭塞，后果可知矣。”黄裳说：“这是我收到的唯一书面的慰问，同样的话，当时只能从朋友的口头听到。”

在当时吴晗与黄裳的通信中，我们能够感到时局的动荡与紧张，感受到吴晗义无反顾的选择。吴黄的第一次见面是在 1948 年 9 月，吴晗到上海。黄裳说：“知道他已经来到上海，真使我惊喜。当夜就赶了去访问。这是我第一次见到吴晗。……在昏黄的灯光下相见，使我非常高兴而激动。吴晗是个个子不高、有着圆圆的紫棠色面孔、身体结实的人。在他那架着圆边眼镜的脸上、浓眉底下，肌肉时时在颤动着，特别是当他急促地述说着什么的时候，他的普通话还没有摆脱浙江乡音。他是个洋溢着激情的人，总是来不及似的倾吐着什么，只有在偶然停下来时才露出带着歉意的微笑。我发现他和我从通信中所形成的印象几乎完全一致，我感到非常满意。”[1] 神交已久的朋友相见，与想象中的居然完全一致，怎不叫人欣喜。

在吴晗居留上海期间，黄裳也参与了些冒险刺激的政治活动，“走在街上时，我们还交换着成功的微笑”。这段时间的同行也让黄裳发现吴晗：“他是不能写戏的，无论怎样的好情节，也将被他处理成为平凡的场面。这一切都说明了他的乐观和信心，但也透露了他的不够精细。”

在他们的通信中，黄裳感觉：“在青年面前，他好像一团火。毫不吝惜烧毁自己的过去，为了照亮人们面前的路。这是一个勇敢的人。”

---

[1] 黄裳：《过去的足迹——吴晗纪念》，《故人书简》，第 17 页。

新中国成立后，吴晗是清华大学的负责人，还是北京市的副市长。当黄裳来北京采访时，吴晗带着黄裳“乘着酒兴出去挨家访问。从不同主人接待我们的不同反应，可以清楚地感觉到当时清华园里的政治气氛与不同的政治态度”。在这篇文章的最后，黄裳提到了吴晗之死，死在他的“太认真”上。这和前面说吴晗的“不精细”似乎是形成了矛盾。这是一位学者对待学术问题的不放松，严谨的科学职业道德在政治面前的被玩弄。这是黄裳对吴晗之死的慨叹，也是他对“文革”的深刻反思。

除了上述的交往外，黄裳在自己的文字中还谈过与郑振铎、柯灵等的交往。可以说，社会各界都有黄裳的朋友，如因工作结缘的有唐弢、陈钦源、柯灵、梅兰芳、盖叫天等；因买书、藏书而结缘的有吴晗、郑振铎、周叔弢、郭石麒、徐绍樵等；他的同学辈有黄永玉、黄宗江、周汝昌、汪曾祺等；他的师友辈有巴金、老舍、沈从文、叶圣陶、钱锺书、卞之琳等；又因为记者身份采访的人不计其数。某种程度上可以说，黄裳是一个中心，他的身边走过那么多的人，在众声喧哗中共同演绎着文坛以至人间的故事。

结 论

陈子善先生在《爱黄裳•编者跋》中讲道:“在相当长一段时间里，中国现当代文学研究界对黄裳先生‘卓绝的散文’的价值是大大低估了，这里不需做过多的解说，只要看看近年来那些三四流，甚至不入流的所谓‘散文家’都在举办这样那样的作品研讨会，就可明了。二〇〇六年的这次研讨之所以以‘黄裳散文与中国文化’为题，不仅要探讨他的散文对中国传统文化的继承，也要探讨他的散文对‘五四’以来新文化传统的发扬。

“黄裳先生‘旧学’根底精深，谁都不会怀疑。他潜心研读明清古籍，能说出那么多令人耳目一新的见解来，不是那些自以为懂‘国学’者所能望其项背的。但他能与众不同地做到这一点，恰恰是因为他同时又具备现代意识。

“黄裳先生深受‘五四’新文化运动的影响，向往‘科学’‘民主’和‘自由’，有强烈的社会责任感和人文关怀，并在此基础上融会贯通，自创了一条散文新路。如果只看到黄裳先生的一面，只看到他把玩古书，浸淫于传统文化之中，那么，对他的文学成就的评价就难免会产生偏颇。

“当然，‘黄裳散文与中国文化’研讨会还只是初步的，研讨会涉及的众多话题，特别是黄裳散文的当代文学意义，都应该进一步展开，进一步深入。也当然，对黄裳先生的散文可以提出批评，提出商榷，提出质疑。黄裳研究，毫无疑问，是开放性的，说不完的。”[1]

子善先生的这段话说得极好，既指明了为黄裳召开作品研讨会的原因，更指出了黄裳在文学史、文化史的价值及黄裳研究的重要性。

2012年在黄裳先生去世后，许多热爱黄裳的研究者还提出要成立“黄裳研究会”，甚至一度有“黄学”的呼声。

但时事迁移，黄裳研究的专著还未出台。本文从创作、评论、交谊三个方面论述了黄裳的特点，一是对前人研究的一个总结，二是也尽可能提出自己的浅浅看法。虽然文告结束，但笔者却愈益感受到黄裳所具有的魅力：其散文的打通历史与现实的通脱；其对文学本质的把握之深；其对“真实”的提倡；其对“文革”的真诚反思；其与友人的情深纸短……这正如陈子善先生所说：“黄裳研究是开放性的，说不完的。”

笔者将以目前研究作为起点，继续探究黄裳的深度。尤其在当下国家大力倡导建立文化自信的大背景下，黄裳文字古今的打通、历史与现实的关怀更应该是吸引学者的所在。

[1] 陈子善：《爱黄裳·编者跋》，《爱黄裳》，第345页。

附　录

附　录　一

黄裳先生单行本著作目录[1]

1.《锦帆集》“中华文艺丛刊”之一，中华书局 1946 年 11 月初版 1 印。

2.《关于美国兵》“周报丛书”之一，上海出版公司 1947 年 3 月初版 1 印。

3.《锦帆集外》“文学丛刊”之一，文化生活出版社 1948 年 4 月初版 1 印。

4.《旧戏新谈》上海开明书店 1948 年 8 月初版 1 印。

5.《莫洛博士岛》“译文丛书”之一，文化生活出版社 1948 年 8 月初版 1 印。（译作）

6.《数学与你》“开明青年丛书”之一，开明书店 1948 年 9 月初版 1 印。（译作）

7.《一个平凡的故事》“译文丛书”之一，文化生活社 1949 年 9 月初版 1 印。（译作）

8.《一脚踏进朝鲜的泥淖里》泥土社 1950 年 10 月初版 1 印。

---

[1] 长安吕浩整理，http://blog.tianya.cn/post-373739-47011213-1.shtml.

9.《新北京》“艺文新辑丛书”之一，上海出版公司1950年12月初版1印2000册。

10.《和平鸽的翅子展开了》“新时代丛书”之一，平明出版社1951年8月初版1印3000册。

11.《谈水浒戏及其他》开明书店1952年7月初版1印4000册。

12.《西厢记与白蛇传》平明出版社1953年7月初版1印16500册。

13.《猎人日记》“新译文丛刊”之一，上海平明出版社1954年4月初版1印16500册。（译作）

14.《哥略夫里奥夫家族》上海平明出版社1954年12月初版1印7000册。（译作）

15.《武松》上海新美术出版社1955年10月初版1印11000册。

16.《一箭仇》上海新美术出版社1955年初版1印8000册。

17.《远山堂明曲品剧品校录》上海出版公司1955年4月初版1印5000册。

18.《平凡的故事》新文艺出版社1956年9月初版1印3000册。

19.《玉簪记》上海古典文学出版社1956年10月初版1印10000册。

20.《彩楼记》上海古典文学出版社1956年11月初版1印10000册。

21.《林冲》中国电影出版社1957年9月初版1印4120册。

22.《山川·历史·人物》香港三联书店1981年1月初

版 1 印。

23.《榆下说书》三联书店 1982 年 2 月初版 1 印 16000 册。

24.《花步集》花城出版社 1982 年 5 月初版 1 印 12500 册。

25.《金陵五记》金陵书画社 1982 年 6 月初版 1 印 26500 册。

26.《黄裳论剧杂文》四川人民出版社 1984 年 6 月初版 1 印 2400 册。

27.《过去的足迹》人民文学出版社 1984 年 8 月初版 1 印 28600 册。

28.《晚春的行旅》"回忆与随想文丛"之一，香港三联书店 1984 年 10 月初版 1 印。

29.《TALES FROM PEKING OPERA》新世界出版社 1985 年初版 1 印英文版。

30.《银鱼集》三联书店 1985 年 2 月初版 1 印 10900 册。

31.《珠还集》香港三联书店 1985 年 5 月初版 1 印。

32.《珠还纪幸》三联书店 1985 年 5 月初版 1 印 9600 册。

33.《翠墨集》三联书店 1985 年 12 月初版 1 印 3900 册。

34.《河里子集》香港博益出版集团 1986 年 1 月初版 1 印。

35.《负暄录》"骆驼丛书"之一，湖南人民出版社 1986 年 12 月初版 1 印 2600 册。

36.《惊弦集》"骆驼丛书"之一，湖南人民出版社 1986 年 12 月初版 1 印 1800 册。

37.《笔祸史谈丛》人民日报出版社 1988 年 1 月初版 1 印 4000 册。

38.《彩色的花雨》上海三联书店 1988 年 6 月初版 1 印 11000 册。

39.《晚春的行旅》“骆驼丛书”之一，湖南人民出版社1988年10月初版1印2500册。

40.《当代杂文选粹第三辑•黄裳之卷》“当代杂文选粹”之一，湖南文艺出版社1988年10月初版1印3550册。

41.《前尘梦影新录》齐鲁书社1989年6月初版1印1000册。

42.《清代版刻一隅》齐鲁书社1992年1月初版1印1000册。

43.《榆下杂说》上海古籍出版社1992年8月初版1印2500册。

44.《一市秋茶》“情境文库丛书”之一，广东旅游出版社1993年3月初版1印2000册。

45.《河里子集》百花文艺出版社1994年4月初版1印1000册。

46.《春夜随笔》“当代名家杂文系列丛书”之一，成都出版社1994年10月初版1印10000册。

47.《音尘集》“书趣文丛”之一，辽宁教育出版社1996年1月初版1印500册。

48.《黄裳书话》“现代书话丛书”之一，北京出版社1996年10月初版1印10000册。

49.《黄裳散文选集》“百花散文书系”之一，百花文艺出版社1997年2月初版1印15000册。

50.《妆台杂记》“学术随笔文丛”之一，中国社会科学出版社1997年3月初版1印10100册。

51.《书之归去来》“人间书”之一，湖北人民出版社1997年8月初版1印8140册。

52.《书林一枝》“当代学者文史丛谈”之一，山西古籍出版社 1998 年 1 月初版 1 印 5000 册。

53.《黄裳文集》六卷本，上海书店出版社 1998 年 4 月初版 1 印 4000 册。

54.《黄裳散文》浙江文艺出版社 1998 年 5 月初版 1 印 15000 册。

55.《掌上的烟云》“思无邪文丛”之一，华东师范大学出版社 1998 年 12 月初版 1 印 5000 册。

56.《小楼春雨》“忆江南丛书”之一，古吴轩出版社 1999 年 2 月初版 1 印 5000 册。

57.《来燕榭书跋》上海古籍出版社 1999 年 5 月初版 1 印 3000 册。

58.《黄裳说南京》“名家说名城系列”之一，四川文艺出版社 2001 年 1 月初版 1 印。

59.《来燕榭读书记》辽宁教育出版社 2001 年 3 月初版 1 印 4000 册。

60.《春回札记》“瞻顾文丛”之一，福建人民出版社 2001 年 9 月初版 1 印 3000 册。

61.《黄裳自述》“大象人物自述文丛”之一，大象出版社 2002 年 10 月初版 1 印 6000 册。

62.《清刻本》“中国版本文化丛书”之一，江苏古籍出版社 2002 年 12 月初版 1 印 3000 册。

63.《惊弦集》“世相丛书”之一，河北教育出版社 2004 年 1 月初版 1 印。

64.《来燕榭书札》“大象人物书简文丛”之一，大象出版社 2004 年 1 月初版 1 印 5000 册。

65.《白门秋柳》“大家散文文存丛书”之一，江苏文艺出版社2004年5月初版1印。

66.《黄裳序跋》“书人文丛”之一，古吴轩出版社2004年7月初版1印3000册。

67.《梦雨斋读书记》“开卷文丛”之一，岳麓书社2005年3月初版1印4000册。

68.《海上乱弹》“文汇原创丛书”之一，文汇出版社2005年5月初版1印3000册。

69.《清代版刻一隅》（增订本），复旦大学出版社2005年11月初版1印5100册。

70.《珠还记幸》（修订本）三联书店2006年4月初版1印10000册。

71.《来燕榭集外文钞》作家出版社2006年5月初版1印。

72.《插图的故事》上海书店出版社2006年6月初版1印5000册。

73.《拾落红集》安徽教育出版社2006年6月初版1印4000册。

74.《皓首学术随笔·黄裳卷》中华书局2006年10月初版1印5000册。

75.《好水好山·黄裳自选集》香港天地图书有限公司2007年12月初版。

76.《黄裳自选集》人民文学出版社2008年1月初版1印6000册。

77.《劫余古艳·来燕榭书跋手迹辑存》大象出版社2008年4月初版1印线装本1000部。

78.《嗲馀集》花城出版社2008年5月初版1印6000册。

79.《前尘梦影新录手稿本》广西师范大学出版社 2008 年 6 月初版 1 印线装本 500 部。

80.《惊鸿集》东方出版中心 2008 年 10 月初版 1 印 4250 册。

81.《来燕榭少作五种》生活·读书·新知三联书店 2009 年 1 月初版 1 印 8000 册。

82.《来燕榭文存》生活·读书·新知三联书店 2009 年 1 月初版 1 印 8000 册。

83.《寻找自我》青岛出版社 2009 年 7 月初版 5000 册。

84.《门外谈红》上海书店出版社 2011 年 7 月初版本。

85.《来燕榭书跋（增订本）》中华书局 2011 年 9 月初版本。

86.《来燕榭文存二编》生活·读书·新知三联书店 2012 年 5 月初版 1 印本。

87.《纸上蹁跹》上海书店出版社 2012 年 7 月初版本。

88.《绛云书卷美人图》，中华书局 2013 年 9 月初版 5000 册。

附：单行本盗版书目

1.《秦淮拾梦记》“学者小品经典”之一，新世纪出版社 1998 年 10 月初版 1 印 5000 册。

2.《书的故事》“二十世纪中国著名作家散文经典”之一，吉林摄影出版社 1999 年 9 月初版 1 印 30000 套。

3.《黄裳·南京》“名人与名城的前世今生”之一，吉林美术出版社 2004 年 3 月初版 1 印 10100 册。

附 录 二

黄裳先生年谱简编[1]

书斋名“来燕榭”，寓妻子小字于中。

1910出生，其父早年考取官费留学，赴德国学采矿。后在河边任煤矿工程师。抗日战争爆发，东北沦陷，举家迁居上海。抗战时在上海逝世。其母为满清贵族小姐。育有三子。黄裳为长子。二弟容正昌，毕业于燕京大学，文汇报记者，当了20年“右派”，打倒“四人帮”后，“右派”得以改正，并成家，2008年去世，享年81岁。三弟容应昌，毕业于清华大学，在北京东直门外大山子北京电机厂当技术员，死于“文革”时期，年仅30岁。

1946年任《文汇报》记者，采访中共梅园。后被国民政府通缉，到蒋梦麟之子处避难。

1955年3月，与周汝昌通信，询问病情。时周汝昌患阑尾炎入院。

1966年，“文化大革命”开始后被抄家。之前报社已秘密抄家，因为《海瑞罢官》的文章。“文革”期间每月得生活费9元。被定为“右派”后，在农村种地。后来被定为“反革命”，下放到盐碱滩劳动。还中过一次风，幸亏恢复了过来。期间，母亲和小弟离世。当时，大女儿容洁15岁，只她一人陪伴在祖母身侧。黄裳未被批准奔丧。

[1] 整理于容洁的博客。

1997年妻子去世。为了筹药费，黄裳卖掉了老书和收集了半辈子的名人字迹。这件事后来遭到一些人的责骂，但是黄裳从来没有在公开场合解释过。

2008年5月20日，得知王元化去世，很难过。

2009年1月，发表《也说汪曾祺》于上海《东方日报》。

2009年2月，《新民晚报》发表《黄蜂刺》。黄裳认为张中行文章不错，但是不赞同张中行的“顺生论”。容洁认为“顺生论”“也包括父亲为《古今》撰文，为了祖母的无米之炊，和自己无银转入向往的抗日大后方重庆”。

2009年12月30日，容洁的博客《一惊一喜》中记录：父亲忽然将话题切向自己。他话锋一转，说：“反省我这一辈子，五七年被戴上‘右派’帽子，‘文革’被打成‘反革命’，吃了很多苦头，今天看来也许并非全是坏事。这让我保持了一生的清白。”父亲对着有些吃惊的我，停顿了一下，继续道：“我这个人的弱点是‘士为知己者死’。我若受一个知己的领导重用，就会奋力而为，不知道会不会做出什么事来。当了‘右派’‘反革命’，什么机会也没有，保持了一生的清白。很好。”父亲的手臂抬了起来，他侧着手掌，用力向前推了一下。

2010年2月12日，容洁的博客《议论》：“我以为父亲有个人（英雄）主义、自由主义、仁爱主义和爱国主义，其中爱国主义是占了重要位置的。”

2011年12月，黄裳作散文《永玉的来访》，在巴金故居开放后的第二日。在这篇文章中，黄裳提到黄永玉出面将陈寅恪的骨灰归葬庐山，依傍其父陈散原的“松林别墅”安息。此文化界盛事惜不见于报刊。

参 考 文 献

（一）著作

[1] 黄裳 . 黄裳文集 [M]. 上海：上海书店出版社，1998.
[2] 黄裳 . 来燕榭文存 [M]. 北京：生活・读书・新知三联书店，2009.
[3] 黄裳 . 来燕榭文存二编 [M]. 北京：生活・读书・新知三联书店，2012.
[4] 黄裳 . 来燕榭集外文钞 [M]. 北京：作家出版社，2006.
[5] 黄裳 . 故人书简 [M]. 北京：海豚出版社，2012.
[6] 黄裳 . 黄裳自述 [M]. 郑州：大象出版社，2002.
[7] 黄裳 . 嗲馀集 [M]. 广州：花城出版社，2008.
[8] 黄裳 . 绛云书卷美人图：关于柳如是 [M]. 北京：中华书局，2013.
[9] 黄永玉，黄宗江，李辉，等 . 爱黄裳 [M]. 陈子善，编 . 上海：上海书店出版社，2008.
[10] 巴金 . 随想录 [M]. 上海：上海文艺出版社，2008.
[11] 钟叔河 . 知堂书话 [M]. 海口：海南出版社，1997.
[12] 周作人 . 周作人自编集 [M]. 北京：北京十月文艺出版社，2011.

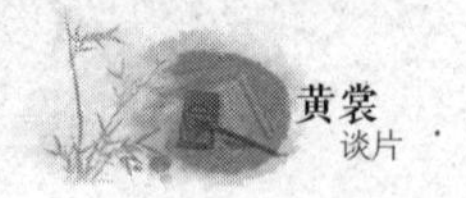

[13] 黄乔生 . 周作人书话 [M]. 北京：北京出版社，1996.
[14] 唐弢 . 书话 [M]. 北京：北京出版社，1962.
[15] 唐弢 . 晦庵书话 [M]. 北京：生活・读书・新知三联书店，1981.
[16] 俞元桂 . 中国现代散文理论 [M]. 南宁：广西人民出版社，1983.
[17] 朱世英，方遒，刘国华 . 中国散文学通论 [M]. 合肥：安徽教育出版社，1995.
[18] 黄科安 . 现代散文的建构与阐释 [M]. 福州：海峡文艺出版社，2001.
[19] 姚春树，袁勇麟 .20 世纪中国杂文史 [M]. 福州：福建教育出版社，1997.
[20] 赵园 . 明清之际士大夫研究 [M]. 北京：北京大学出版社，1999.
[21] 曹之 . 中国古籍版本学 [M]. 武汉：武汉大学出版社，1992.
[22] 吴承学，李光摩 . 晚明文学思潮研究 [M]. 武汉：湖北教育出版社，2001.
[23] 胡益民 . 张岱研究 [M]. 合肥：安徽教育出版社，2004.
[24] 王成玉 . 书话史随札 [M]. 石家庄：河北教育出版社，2006.
[25] 来新夏 . 书文化的传承 [M]. 太原：山西古籍出版社，2006.
[26] 林少阳 .“文”与日本的现代性 [M]. 北京：中央编译出版社，2004.
[27] 严倚帆 . 祁承㸁及澹生堂藏书研究 [M]. 台北：花木兰文

化出版社，2005.

[28] 萨义德 . 知识分子论 [M]. 单德兴，译 . 北京：生活 • 读书 • 新知三联书店，2002.

[29] 布尔迪厄 . 艺术的法则：文学场的生成与结构 [M]. 刘晖，译 . 北京：中央编译出版社，2011.

（二）论文及期刊

[1] 詹朝辉 . 黄裳散文创作综论 [D]. 福州：福建师范大学，1990.

[2] 陈娴娜 . 黄裳散文的知性之美 [D]. 福州：福建师范大学，2012.

[3] 龚刚 . 论钱锺书激赏黄裳散文的原因及启示——兼谈当代作家的文化断裂问题 [J]. 现代中文学刊，2015（4）：103-108.

[4] 孙郁 . 汪曾祺与黄裳 [J]. 书城，2013（9）：33-38.

[5] 郝庆军 . 两个“晚明”在现代中国的复活——鲁迅与周作人在文学史观上的分野和冲突 [J]. 中国现代文学研究丛刊，2007（6）：1-26.

[6] 徐敏 . 黄裳书话：隽永凌厉间的书写 [J]. 东方论坛，2011（6）：65-70.

（三）博客

[1] 吕浣溪：新浪博客。

[2]“黄迷爱黄裳”博客。

后　记

和黄裳先生结缘，始于我的博士毕业论文。当我在梳理中国现代书话写作大家时，黄裳先生就作为一个巨大的存在立在我的面前。经过对其书话的仔细研读，我深深佩服这样一位徜徉在书海、尽情挥洒的老人。博士论文的写作虽然结束，但是黄裳先生是当时我论述对象中唯一健在的作家，之后我便一直在关注他老人家。2012年老人去世后，文坛掀起了“黄裳热潮”，在遍读了各种纪念文章后，更觉得这位老人深具魅力，有独立研究的必要性。因此就以“黄裳研究”为题申请了燕山大学的青年基金项目。

开始研究后，才发现进入了一座富矿，黄裳的文章涉猎的内容那么多，要理解其文字，必须打通古今，理解历史和现实。同时，也发现自己陷入一个困境，黄裳的藏书、版本知识完全不是我能把握的。再加上人事栗六，各种纷扰，研究的状态和心境不断被打断。

如今，匆匆中的提笔和结束，既算是对自己的一个督促，同时更是下一步研究的一个开始吧。